公務員、中田忍の悪徳

立

イラ

utoku

CONTENTS

DESIGN TANIGOME KABUTO(musicagographics)

一ノ瀬由奈
Yuna Ichinose
≪エルフ《????》≫
中田 忍
obu Nakata

Yoshimitsu Naoki
直樹義光
Shi

公務員、中田忍の悪徳

立川浦々
イラスト 棟蛙

koumuin, Nakata
Shinobu no akutoku
characters

人物紹介

中《なか》田《た》忍《しのぶ》

主人公。区役所福祉生活課で
係長を務める地方公務員。

《エルフ》

異世界から来た
エルフ……？

直《なお》樹《き》義《よし》光《みつ》

中田忍の大学時代からの親友。
日本国内の野生動物を研究する
大学助教。

一《いち》ノ《の》瀬《せ》由《ゆ》奈《な》

中田忍の部下を務める才媛。

中田忍宅の間取り図

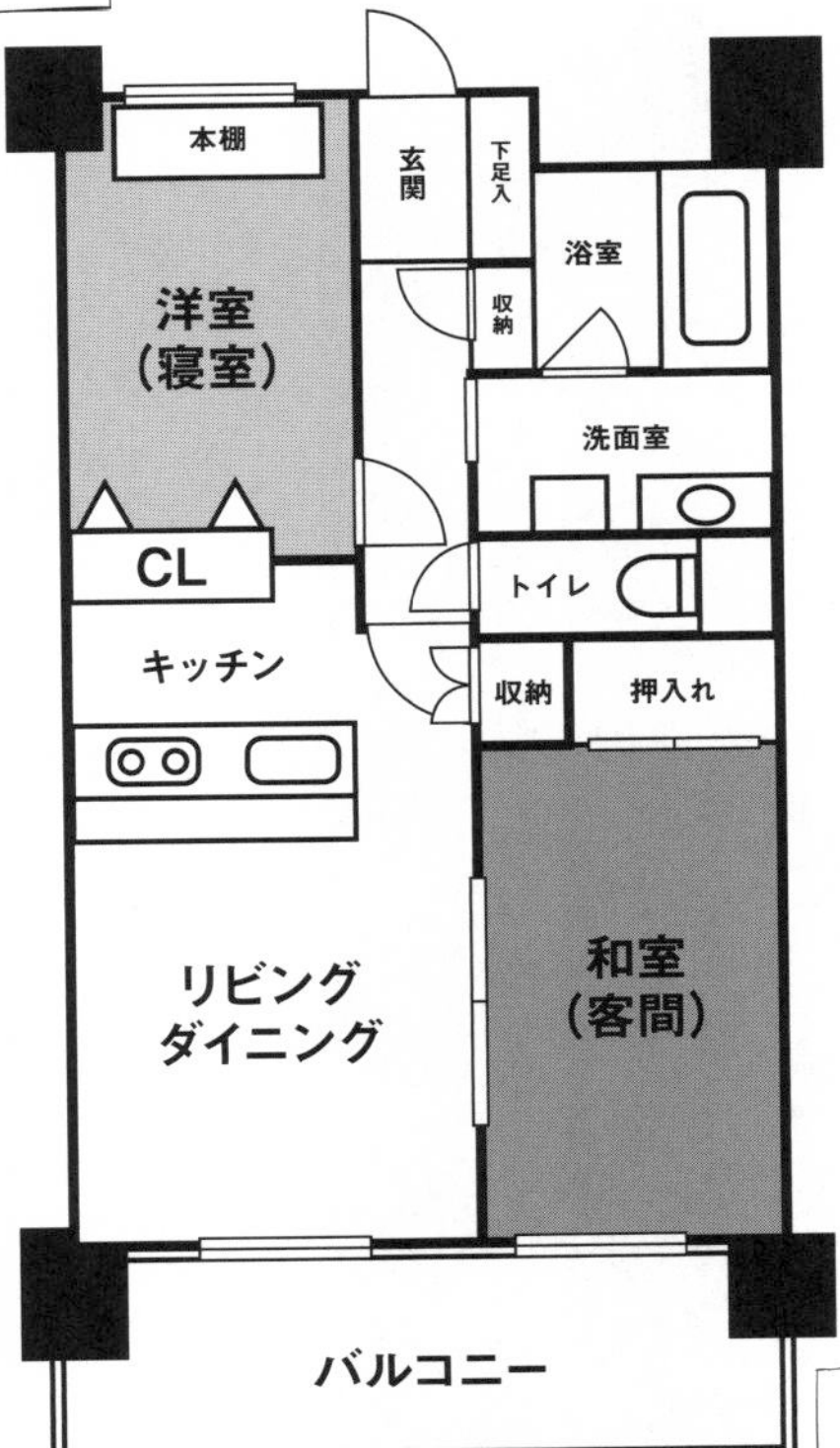
本棚
玄関
下足入
浴室
洋室
（寝室）
収納
洗面室
CL
トイレ
キッチン
収納
押入れ
リビング
ダイニング
和室
（客間）
バルコニー

止

承前

十一月十六日（木）

中田忍《なかたしのぶ》の話をしよう。

日本生まれの日本国籍、当年とって三十二歳の成人男性。

職業地方公務員、区役所福祉生活課、支援第一係長。

長身痩《や》せ型、目にかかるくらいの黒髪短髪。

トレードマークは、愛想の欠片《かけら》も見えない仏頂面《ぶっちょうづら》。

つり目で三白眼のくせに二重が可愛《かわい》らしい、独身かつ交際相手なしの、単身居住者である。

中田忍を語るとき、〝誠実〟〝冷酷〟〝真面目《まじめ》〟〝正義漢〟〝頑固者〟〝合理主義者〟〝人情に篤《あつ》い〟

〝責任感が強い〟などの不完全な単語だけでは、彼の本質を十全に捉えられない。

それでも言葉にするならば、彼は己の信念にひどく忠実で、知恵の回転が速い男であった。

大学を卒業し、社会に船出して、はや十年。

襲い来る、様々なトラブル。

社会のしがらみ。

頭を下げるべき場面。

苦い理不尽な仕打ち。

全て巻き込んではじき飛ばす荒々しい回転力を、忍《しのぶ》は未《いま》だに備え続けていた。


十一月十六日木曜日、午前七時三十分。

中田《なかた》忍は、それが当然とでも言わんばかりに、毎朝同じ時間に登庁する。

無遅刻無欠勤無早退、特別休暇の類《たぐ》いも一切取得せず、しわひとつないスーツで登庁する。

施策により人事課がビジネス・カジュアルを推し進める中でも、絶対にスーツで登庁する。

陰で〝魔王〟〝爬虫類《はちゆうるい》〟〝機械生命体〟〝半ば課長《ナカチヨウ》〟と呼ばれる所以《ゆえん》のひとつであった。

「おはよう」

「あ、おはようございます、中田係長」

「う、おはようございます、中田係長」

「お、おはようございます、中田係長」

役所なので始業は午前八時三十分のはずなのだが、すでに何人かの若手職員は出勤していた。

忍が現れる直前までは、和やかな雰囲気の中で雑談を交わしながら、各人掃除や書類整理に勤《いそ》しんでいたのだが、なんということだろうか。

忍の登庁直後から一切の私語が消え、各人が黙々と作業する死んだ空間へと生まれ変わった。

そもそもが始業前なので、別に忍も注意しないし、むしろ忍自身はその辺りに寛容なのだが、忍が係長に収まってから数年間、ずっとこの調子である。

ただ、寛容とはいっても、促してまで雑談させたいわけではない。

忍は何を言うでもなく、真っ直《ます》ぐ課長のデスクへと向かった。

「おはようございます、課長」

「ああ、おはよう」

私語の件にしてもそうだが、忍は虚礼に価値を感じていない。

始業一時間前きっかりに出勤するのは、業務準備や突発連絡の対応に必要な時間だと忍自身が線引きしているだけであり、部下は上司より先に出勤すべきだの、誰それが自分より遅く出勤してきただのについては、一切興味を抱いていなかった。

「中田君、今日もよろしく頼むよ」

「はい」

忍の扱い方をよく理解している課長は、最低限のやりとりで会話を打ち切る。

忍もまた、特段の連絡事項がないと知り、踵《きびす》を返して自らのデスクに着く。

そしてほとんどの若手職員は、この隙《すき》に乗じて課室を脱出し、あえて残していた課室以外での作業を始めるのであった。

やむを得まい。

忍の存在する空間は毒沼の如《ごと》く精神を削るので、滞在を短くするに越したことはないのだ。

「中田係長、おはようございます」

「一ノ瀬《いちのせ》君、おはよう」

そんな中で一人残った、背がすらりと高く、ぱっちりした猫目が特徴的な、若々しい女性。艶《つや》やかな黒髪は、業務中の動き易さを優先してか、アップスタイルにまとまっている。リブ編みのセーターに細身のパンツ、ぴんと伸びた背筋からは、自信と魅力が滲《にじ》んでいた。

福祉生活課支援第一係員、一ノ瀬由奈《ゆな》二十六歳。

由奈は清楚《せいそ》な微笑《ほほえ》みとともに、湯気立つマグカップを差し出した。

「ありがたいが、俺にコーヒーは淹《い》れなくていい」

「中田《なかた》係長へ、日頃《ひごろ》の感謝の気持ちです」

「今はそういう時代じゃない。ずっと言っているだろう」

「時代や慣例は関係ありません。朝に一杯コーヒーをお出しするくらいで、中田係長に目を掛けて頂けるなら、毎日お淹れしますよ」

「そういうものか」

「はい。私の勝手で恐縮ですが、今日のところは召し上がって頂けませんか」

「……分かった。ありがとう」

由奈の目は笑っているが、忍《しのぶ》の目は全く笑っていない。

過去何人もの若手が忍へのコーヒー出しに挑んでは返り討ちに遭《あ》い、業務上必要なとき以外二度と近づかないようにしている中で、一ノ瀬由奈だけは忍のプレッシャーを鮮やかに捌《さば》き、毎朝のようにモーニングコーヒーを飲ませている。

そんな由奈のことを新人は尊敬して慕うし、由奈に負けじと細かな雑用にも精を出すので、支援第一係全体としてはうまく調和が取れ、まとまっていた。

もちろん忍の態度は、いやらしい計算の結果為《な》されているものではなく、この結果は概《おおむ》ね由奈の功績であることを、忍の名誉のために付け加えておく。

◇◆◇◆◇◆◇

福祉生活課は、区内の生活保護制度に関する業務全般を担当している。

中でも、忍が係長を務める支援第一係は、由奈をはじめとした〝ケースワーカー〟の肩書きを持つ係員らで構成され、〝ケース〟と呼ばれる保護受給者及びその同一世帯に属する者へ直接支援や指導を行い、対象世帯を〝経済的自立〟〝社会的自立〟〝日常的自立〟に至るよう促す、生活保護制度の中核を担う筆頭部署であった。

その業務は当然に多忙を極め、係員の半数ほどは朝礼もそこそこに保護受給者《ケース》との面談へ出向き、残った者もせわしなく事務作業に勤《いそ》しんでいるのだが。

私語はおろか、実務上必要であろう最低限の会話すら聞こえてこないのは、ちょっと異常と言えなくもない。

もちろん全ての元凶は、支援第一係長……我らが中田忍《なかたしのぶ》である。

他人にはそこまで厳しくないものの、いや本人が厳しくないつもりなだけで十分厳しいのだが、自分自身にはもっと厳しいのが中田忍という男だ。

業務中の忍は、他に形容の仕方が見つからないほどに、驚異的な集中力で作業をこなす。

その一方で、部下や同僚に求められれば、生活保護手帳にも載るような通達から、時には非マニュアル的な対処法まで持ち出し、問題の解決に付き合ってくれる。

だが、普段から話しかけにくい中田忍が、鬼気迫る勢いで作業へ没入している最中に、わざわざ話し掛ける勇気のある者は少ない。

あの由奈《ゆな》でさえ、業務中の忍に対しては、どうしても必要なとき以外は近づかないのだ。

つまるところ、今の忍に誰か話し掛けること自体、支援第一係に、ひいては福祉生活課全体にとっての特異なイベントであり、対話が発生した際は、全課員がその行方に注目する。

「す、すみません、中田係長っ」

今日の主役は、支援第一係で最も歳若《とし》い職員、堀内《ほりうち》茜《あかね》二十二歳。

小柄で猫背、くせっ毛にショートヘアの、柔らかい雰囲気を纏《まと》った、気弱そうな〝女の子〟。

心優しいのが唯一の取り柄といった感じの茜は、思い詰めた表情で忍の前に立つ。

「どうした、堀内君」

「この書類を、確認して頂けますか」

茜が差し出したのは、厚み五十枚程度の書類束。

その一枚目には、生活保護の再申請に関する文言《もんごん》が記されていた。

「稼働不能の診療明細《レセプト》でも、用意して来たのか」

「……」

答えず俯《うつむ》いたままの茜を見て、忍は一枚もめくらずに書類を突き返した。

「この件については、俺自身も動いた上で、打ち切りが適切だと判断している。君にも直接『ナンバー174への再受給は行わない』と、何度も伝えた筈《はず》だが」

「……どうして、なん、ですか」

絞り出すように、茜。

周りの職員も、さりげなく作業の手を止めて、二人の様子を見守っている。

「不正受給を特定した。他に理由が必要か」

忍の語調には、冷淡さや刺々《とげとげ》しさどころか、ほとんど何の感情も籠《こも》っていない。

せいぜい、九千円のおつりを全部千円札で返してもいいかと聞かれた際に『大丈夫ですよ』と答える程度の、非難とすら呼べないような非難の響き。

「ナンバー174は稼働可能な能力があり、実際に二十万円以上の月収を確保しているにも拘《かか》わらず、生活保護費を全額受給していた」

「……はい」

「何故《なぜ》今まで発覚しなかったか、そして何故今になって発覚したかも説明したな」

「……」

堀内茜《ほりうちあかね》は、答えない。

分かっていても、答えられない。

「不実の申告が行われていたからだ」

そして忍《しのぶ》は、茜の返事を待とうとしない。

「俺が実施した臨時の聞き取り調査で、受給者の生活状況に不審を認め、再調査を実施したところ、預金調査を逃れるために、他人名義の預貯金口座を利用し、建設作業などの日雇い労働で得た金をプールしていたことが発覚した」

水際《みずぎわ》で国民の生命を守る生活保護制度は、相応の審査を経て保護費の支給を決定する。

切り崩せるだけの資産、例えば相当額の貯金があるなら、まずは貯金から生活費を捻出《ねんしゅつ》させるのが道理であるから、必然的に審査の通過は難しくなる。

そもそも、生活に必要な定収入を得られているなら、保護など与える必要がない。

しかし、家賃補助込みで月十万円を超える現金収入、手厚い扶助に目を眩《くら》ませ、不当な手段で保護の享受を企《くわだ》てる者もまた、確かに存在する。

こうした悪質な〝保護受給者《ケース》〟を、福祉生活課では〝不正受給者《ナンバー》〟と呼び、区別している。

善良な保護受給者を健全な自立に導くのはもちろん、軽微な過失から重篤《じゅうとく》な犯罪まで、様々な形で発生する不正受給事案の根絶を目指すことも、福祉生活課員の重大な職責であった。

「その事実を特定し、生活保護法七十八条に規定する不正受給金〝徴収〟、詐欺罪による警察への被害届提出を検討していたところ、君の嘆願により、保護費の支給停止、生活水準に見合った住宅への転居、具体的な返還計画の提出を条件として、六十三条の〝返還〟へ落とした。これも説明したが、理解しているな」

「……はい」

「理解しているなら、逆に教えてくれ。何故こんな書類を作った」

「……」

「生活保護法の基底理念、昨今の世論に鑑《かんが》みて、『まず支給、後ほど精査』の姿勢には、組織も一定の理解を示している。もし君が、不正受給者からの恨み言に悩まされているのなら――」

「……中田《なかた》係長は、何も、分かってません」

無力な自分を鼓舞するような、茜の決然たる気迫に、職員の反応は様々である。

固唾《かたず》を飲んで、事の行方を見守る者。

同情めいた、気の毒そうな眼差《まなざ》しで行方を見守る者。

呆《あき》れ混じりの、非難めいた眼差しで行方を見守る者。

その他もろもろ。

ただ共通していることは、誰も彼も、一切介入や口出しをしようとしない。

さりとて、どちらの言に理があるか見極めている、わけでもない。

彼ら彼女らにとっての〝正解〟は、もう決まっているのだ。

「俺が間違っていると?」

「だって、そうじゃないですか。中田《なかた》係長は、武藤《むとう》さんの名前だって知らないのにっ」

「不正受給者氏名は武藤達之《たつゆき》、不正受給発覚時点で五十四歳。群馬県内に離婚した妻と十七歳の娘が居住しており、面会は娘から拒否されている。今回の不正受給については娘の学費を援助してやるためと説明しているが、実際には離婚原因となった浪費癖に加え、ストレスから増えた酒、煙草、ギャンブルにも手を出して首が回らなくなり、建設現場の仲間からレクチャーを受け、今回の不正受給へ至ったようだ」

鼻白む茜《あかね》。

無理もあるまい。

忍《しのぶ》が資料も見ず諳《そら》んじる内容は、事実にことごとく合致している。

「一応、学費の送金事実もあるらしいが、生活保護制度は親の見栄を助ける為《ため》のものではない。福祉生活課は診断会議を通じ、支給停止の処分を決定した。故に打ち切り措置は、俺個人の判断でもあるし、組織の下した結論でもある」

忍はデスクに着いたまま、傍《かたわ》らに立つ茜を見下ろす。

「俺がナンバー174について把握しているのは、ここまでだ」

「……そこまで知っているなら、どうしてナンバー174なんて呼ぶんですか」

「当課において取り扱った、今年百七十四番目の不正受給事例だからだが」

「係長、おかしいです。それは、おかしいじゃないですか。だって、だって私たちは」

いつしか。

茜《あかね》の双眸《そうぼう》には、涙が溢《あふ》れていた。

「私たちは、血の通った、生きた人間を相手にしてるんじゃないんですか」

「そうだな」

流れる涙を拭《ぬぐ》いもしない茜を、忍《しのぶ》は何の感情も浮かべず、真《ま》っ直《す》ぐ見つめている。

「私は、武藤《むとう》さんのケースワーカーです。役所や係長がどんな判断を下した後でも、最後まで武藤さんに寄り添いたくて、なんとか力になれないかって、たくさん、たくさん考えました」

「……」

忍は一旦《いったん》黙り込む。

気圧《けお》されたわけでも、話に感銘を受けたわけでもないのは、分かり切った話だろうが。

「武藤さんは、ぐっと塞《ふさ》ぎ込んじゃったって、ご近所の受給者の皆さんが言ってました」

「ああ」

「確かに武藤さんは、お酒も煙草もギャンブルもやっちゃう、ちょっと……ほんのちょっとだけ、だらしないところのある人ですけど」

「そうだな」

「……それでも、武藤さんなりに頑張って、足掻《あが》いていたんです」

「そうか」

「このまま保護が途絶えちゃったら、仕事を続ける気力だって……」

「己の犯した罪ならば、己で責を負うほかあるまい」

びくり、と。

茜が、小さく肩を震わせる。

「……罪、なんでしょうか」

「彼は己の欲が赴くままに、法と行政機関の信義誠実へ付け入り、善良な納税者が身を切り収めた税を掠《かす》め取った。刑事罰を逃れ得たとしても、その本質的な罪が消えることはない」

「私は、そう思えません」

「……」

「皆さんが言ってました。武藤さん、すごく辛《つら》そうに働いてたって。足元見られて、きつくて汚くて危ない仕事ばっかりやらされてたって。それでも娘さんの為《ため》だから、毎日毎日休みもなく、一生懸命頑張っていたって!!」

茜の涙は止まらない。

ただただ、激昂《げきこう》と憐憫《れんびん》に、その身を燃やして。

「武藤《むとう》さんの想《おも》いは、罪なんでしょうか。武藤さんの想いは、欲なんでしょうか」

忍《しのぶ》は答えない。

答える必要がない。

茜《あかね》の求める答えは、もう茜の内にある。

「……そんなの甘えだって、係長は仰《おつしや》るんだと思います。国民の誰に話しても、きっと納得して貰《もら》えないだろうって、私にも分かります」

けれど、茜は止まらない。

たとえ国民が、世論が、制度が、中田《なかた》忍が、その理想を阻《はば》もうと。

堀内《ほりうち》茜は、止まれないのだ。

「生活保護は、私たちは、国民の最低限の生活を支える、最後の砦《とりで》じゃないですか」

「……」

「他の誰がなんと言おうと、最後の最後、私たちが手を差し伸べることを止《や》めてしまったら、それで全部、おしまいになっちゃうじゃないですか。どうして、何もしようとして下さらないんですか。どうして、助けられないって言うんですか。どうしても、どうしても、助けられないのだとしたら」

「私たちの仕事は、なんのためにあるって言うんですか、中田係長ッ!!」

普段大声など出さないであろう、気の弱そうな茜は、誰のために叫ぶのか。
あるいは茜自身にも、分かっていないのかもしれない。
それほどに。
茜はきっと、とても、優しいのだ。
だからこそ、中田忍は。

「堀内君」
「……はい」

「税金で遊ぶな」

自らの職責として、堀内茜の優しさを、粉々に打ち砕くことにした。

「……え？」
「生活保護が保障するのは、健康で文化的な最低限度の生活水準の維持だ。それらは国民全体へ平等に為《な》されるべきものであり、君と武藤氏の自己満足の為《ため》に特例を採るべきものではない」

「私の自己満足って、なんですか、それっ」

「常識的に考えて、別れた娘の学費を捻出《ねんしゅつ》してやりたければ、正当な収入の範囲で、それを切り詰めて費用を用立てるべきだろう。できないのならば、学費など出してやる資格はない」

絶句する茜《あかね》。

課員の何人かはここでなりゆきを見極め、二人に注意を向けることを止《や》めた。

「ましてや不正受給で得た金など、普通は貰《もら》う側が迷惑だろう。君の為《な》すべき仕事は、武藤《むとう》氏に学費の捻出方法を改めさせ、自らの生活基盤を整えさせ、正当かつ無理のない援助を行う道筋を立ててやることではなかったのか」

忍《しのぶ》は語る。

早口でも、強い口調でもなく、淡々と。

「それを咎《とが》めないばかりか、自らのケースワーカーという立場を利用し、武藤氏の幸福追求権を盾にして俺に、ひいては役所に不当な生活保護費の支給を唆《そそのか》した。これが自分の義侠心を満足させるための遊びでなければ何なのか、教えて貰えるか」

「……私は、だって私は、困っている人を助けたくて、この仕事に」

「ならば君が決めるのか。救うべき者と、救うべからざる者を」

「……そんな、つもりじゃ……」

「それこそが君の利己主義《エゴイズム》だ」

色のない忍の呟きが、茜の心をざくりと抉る。

「救う喜び、突き放す苦しみ、最も汚い部分をも平然と背負うのが、福祉を生業《なりわい》とする者の責務だ。現実から目を逸《そ》らし、自らの心だけを満足させることが目的なら、君の行いはもう公務ではない。自分の時間と資金を使って、自分が持てる責任の範囲内でやるべき私事だ」

「……」

茜の涙は、いつしか止まっていた。

代わりに浮かぶのは、昏《くら》い敵意と、それを剣とした抗弁を表せない、自分自身への憤《いきどお》り。

「これ以上の説明は不要と判断する。書類は裁断しておいてくれ」

突き返された書類を、無言で受け取る茜。

忍は気を悪くした風もなく、代わりになんの感情もなく、一言付け加えた。

「ああ、すまないが、あと一点仕事を頼めるか」

暗く沈んでいた茜の表情が、驚愕《きょうがく》と戸惑いに歪《ゆが》む。

これだけ皆の前でこき下ろされ、この後女子トイレか屋上にでも駆け込み、悔し涙を思いっきり流しながら大ゴマで絶叫したい気分になっている私に対して、まだ何かさせようって言うつもりなんですかこの人は、という表情である。

「先程話に出た、ナンバー174の現在状況を聴取した際、塞《ふさ》ぎ込んでいると話していた受給者をリストアップしておいてくれ」

「えっ」

「不正受給が露呈した後、それを原因に鬱《うつ》症状が発症したと周囲に説明させ、労働不能状態になったとして再受給を図る手法が横行している。状況を見極めるため、早急に詳細を把握しておきたい」

忍《しのぶ》の双眸《そうぼう》が、茜《あかね》を射抜く。

虚《うつ》ろと呼ぶには意志の強すぎる、鋭いと呼ぶには感情がなさすぎる、乾いた眼差《まなざ》し。

「頼めるか」

「……」

茜は答えない。

答えられない。

「遊びでないと言うならば、今からでも市民の為《ため》に働いて貰《もら》いたい」

嫌味《いやみ》たらしい内容ながらも、忍の口調は淡々としているし、やはりそこに感情はない。

もし茜が断ったとしても、なんの咎《とが》めもないのだろう。

そして機械的に、指示を受けた別の職員、あるいは忍自身がこの件を解決するのだろう。

忍は茜に、禊《みそぎ》の機会を与えるつもりなのだ。

「……」

果たして茜が、そこまで忍の意図を汲《く》んでいるかは、分からない。

だが気丈にも、茜は言った。

「……分かり、ました」

「では、よろしく頼む」

それだけ答えて、忍は自分のデスクに向き直った。

茜もおぼつかない足取りのまま、自分のデスクに戻った。

注目を続けていた課員たちも、唯一の正解である〝無干渉〟を貫き通し、仕事に戻った。

別に、不自然なことでもあるまい。

忍に味方すれば角が立つし、言いにくい苦言は忍が全部言ってくれる。

茜に味方するような夢想家はそもそも職員にいないし、半端に庇《かば》えば世話を任される。

だったら自分たちは干渉せず、遠くから傍観者のままでいるのが、一番賢い。

それが分かっているから、誰も口出しをしないのだ。

福祉生活課は、再び静寂に包まれた。

◇◆◇◆◇◆◇

同日、午後九時五十七分。

とっくに定時を過ぎ、誰もいなくなった課室で、黙々と業務を進める男がひとり。

しわひとつないスーツに身を包んだ、区役所福祉生活課支援第一係長、中田忍《なかたしのぶ》であった。

「……」

日中と変わらぬ化け物じみた集中力で、眼前のキーボードをせわしなく叩《たた》き、傍《かたわ》らの資料に目を通しながら、出来上がった書類に必要事項を書き入れ、押印してゆく。

コトッ
「……うん？」

響いた音に視線を向ければ、机上へマグカップを差し出す手がひとつ。

「お盛んですねぇ、忍センパイ♪」

「……」

「あ、無視はひどいんじゃないですか。朝はありがたいだのありがとうだの言ってたクセに。忍センパイのスカポンタン。無慈悲系上司。鼻の両穴に紙巻ストロー詰め込みますよ」

カップを両手に笑みを浮かべ、心ない罵倒《ばとう》を振りまく、一ノ瀬由奈《いちのせゆな》がそこにいた。

但しその笑みは、モーニングコーヒーの際に浮かべた清楚《せいそ》な微笑《ほほえ》みではなく、ティッシュ箱を目の前にした三歳児の如《ごと》き、獲物を捕らえた狩人の笑みである。

「君は退庁処理済みだろう。業務外での課室への出入りは禁じられている筈《はず》だが」

「そんなの馬鹿《ばか》正直に守ってる人、忍センパイぐらいですよ。今まさに破ってるから、実質誰も守ってませんけど」

「何を根拠にそう言い切る」

「取ってるんですか？　残業許可」

「……いや」

「ほらぁ」

由奈は手近な椅子《いす》に腰掛け、してやったりの表情で自身のカップを傾ける。

一応明らかにしておくが、彼女は昼間の一ノ瀬由奈と精神だけ入れ替えた別人だとか、よく似た姉妹や双子であるとか、名前だけ同じの別人とかではなく、正真正銘の同一人物である。

彼女は忍を認めさせるほどに有能で気配り上手、中田忍のような機械生命体系上司と、人類である係員の橋渡しをも務める優秀な才媛なのだが、どういうわけか忍と二人きりの際は、とてつもなく舐《な》め腐った態度で振る舞う悪癖があるのだ。

忍は異常に公平な人間なので、お偉い上司様だろうが他部署の部下だろうが、ひとたび不義を働いていると知ればボッコボコにこき下ろすし、償うまで絶対に許さない。

その一方、為《な》すべきを正しく為す者は相応に庇護《ひご》し、道理の範囲で無礼も許容する。

そして由奈は、忍に認められるだけの優秀さを発揮し続けながら、忍が本気で怒り出さない、ギリギリの無礼を働きまくる。

由奈が何故《なぜ》このような振る舞いに走るのか、忍には分からない。

ただ、中田忍《なかたしのぶ》は中田忍であるから、優秀な職員として皆を支える由奈《ゆな》に対し、係長としての職権で嫌《いや》がらせをしたり、不義を皆に吹聴して晒《さら》し倒すような真似《まね》はしない。

故に毎回、誠実に力を尽くし、密《ひそ》かに由奈の無法を諫《いさ》めようとするのだが。

「そういう態度は本当に迷惑なんだ。上司扱いして愛想を良くしろとは言わないが、人として最低限の礼儀はわきまえてくれないか」

「だから、センパイと呼んで差し上げてるじゃないですか」

「全然足りていない」

「忍センパイひどい。ザ・ハラスメント。汚職が似合う品のあるクズ。若い女にセンセイ呼び要求するなんて、性癖の歪《ゆが》んだ地方議員か忍センパイぐらいですよ」

「……分かった。センパイで構わないから、今日はもう帰りなさい」

「拒否でーす」

コトッ
何気なく忍が顔を上げれば、由奈はカップを下ろし、じっと忍を見ていた。

「今日、珍しかったですね」

「なんの話だ」

「茜《あかね》ちゃんの話です。思いやり皆無の殺戮《さつりく》説教は普段どおりですけど、皆の前であんなに叱《しか》りつけるなんて、流石《さすが》に忍センパイらしくありません」

「叱責《しっせき》ならば人目も避けるが、あれは必要な指導だ。保護受給者《ケース》を人間扱いしない彼女の歪《ゆが》みは、即座に是正せねばならなかった」

「……はあ」

由奈の表情が、僅《わず》かに曇る。

良い意味で。

「俺が見るに堀内《ほりうち》君は、全ての保護受給者《ケース》を、独力の生活すらおぼつかない、弱く哀れな無能力者だと考えている。行政が手を差し伸べねば明日をも生きられない、幼子《おさなご》か愛玩《あいがん》動物のようなレッテルを貼《は》り付け、保護者気取りで生き方を先導差し上げようとしている」

「そういう姿勢も、時には必要なんじゃないですか？」

「だからこそ、俺たちが向き合うんだ」

「……」

「なんの責任も持たない一般市民は、見たいものだけを自由に見て、救いたい相手を自由に選び、自分の好きな方法で、救いたいように救えばいいだろう。だが、俺たちは違う」

「『保護受給者がその数だけ持つ、それぞれに異なる人間性を認めた上で、時には肯定し、時には否定すべき義務を負う』、でしたよね」

「……確かに、そう教えたな」

「敬愛すべき、中田係長の御指導ですから。ちゃんと頭に入ってますよ」

「光栄だ」

由奈《ゆな》の殊勝な返答に、忍《しのぶ》は仏頂面《ぶっちょうづら》で頷《うなず》いた。

「清廉《せいれん》さ、誠実さ、賢明さ、だけではない。怠慢さ、狡賢《ずるがしこ》さ、悪辣《あくらつ》さもまた、誰しもが持ちうる人間性だ。俺たちは福祉のプロフェッショナルとして、保護受給者の弱さ汚さとも、真摯《しんし》に向き合わねばならない。向き合い、真に必要な援助を見極めた上でなければ、人間一人の生き方になど、口出しをする資格はあるまい」

忍の名誉の為《ため》に明らかにしておくが、忍は茜《あかね》を苦しめたかったわけではない。

己の職責と信念に鑑《かんが》み、公平に、正しく職務を全《まっと》うせんとしているだけなのだ。

与えられるべき者へ、行き届くように。

受けざるべき者が、裁かれるように。

たとえ自分以外、全ての課員係員が、賢い〝傍観者〟で居続けたとしても。

他人に厳しく、自分自身にもっと厳しい中田《なかた》忍は、抗《あらが》わずにいられないのだ。

そんな忍から目を逸《そ》らし、由奈は椅子《いす》にもたれてぐっと伸びる。

さりげなく盛り上がる胸元に、しかし忍は興味を持たなかった。

「茜ちゃんにも、そう説明すれば良かったじゃないですか。真っ向から言い負かしてあげたら、あの場で納得したかもしれませんよ」

「歪《ゆが》んでいようが、堀内《ほりうち》茜の信念だ。曲げ時ぐらい、自分で選ばせてやってもいいだろう」

「また、悠長なこと言って。このまま辞めちゃったらどうするんですか」

「いいんじゃないか。楽しいばかりの職場でないのは、君もよく知っている筈《はず》だ」

「本気で言ってます？」

「ああ」

「へぇ……」

由奈は楽しげな表情で立ち上がり、忍のデスクから資料を取り上げた。

「これ、不正受給者《ナンバー》とは別に、茜ちゃんが受け持つはずだった保護受給者《ケース》ですよね。どうして忍センパイが、代わりに事務処理なさってるんですか？」

「彼女には別件を下命した。能力に鑑みた上で、並列して担当させるのは不可能だと判断し、暫定《ざんてい》的に俺が持ったまでだ」

忍は支援第一係の係長であり、係全体を総合的に監督する立場上、担当として保護受給者を受け持つことは、基本的にない。

一方、社会福祉法第十六条は、都市部におけるケースワーカー一人当たりの標準受け持ち世帯数を概《おおむ》ね八十、つまり保護受給者《ケース》が世帯主となる八十世帯までを『ケースワーカーが健全に担当できる適正値』と規定し、公務所はこれに沿うよう、制度上の人員を配置している。

だが、上限なく増える傾向にある保護受給者に対し、税金で雇える職員は有限であり、辞職や休職などで実働職員が減ろうと、補充人員など何処《どこ》からも出せない。

ならば、どうするか。

答えは、どうにもならない。

ただでさえ苦しい現場のケースワーカーが、二百に迫る受給世帯を担当させられ、本来担当を持たない係長クラスまでもが、激務を押して保護受給者を支える。

有望な若手は寄り付かず、疲弊した経験者は次々と逃げだす中、残された者たちの奮闘によりかろうじて形を保っている泥船が、この国の福祉の正体なのだ。

ただ今回に限れば、茜《あかね》がナンバー174に熱中するあまり、実質的に他の業務を放り出していたところを密《ひそ》かに忍《しのぶ》が助けていただけであり、由奈《ゆな》が呆《あき》れるのも無理からぬ話であった。

「誤魔化せると思わないで下さい」

「事実を述べたに過ぎん」

「忍センパイが請け負ったこと、茜ちゃんは知らないですよね。それどころか、係の誰も」

「報《しら》せる必要などあるまい。係の業務ならば、誰が消化したところで同じだろう」

「ですよね。その言葉が聞きたかったんです」

由奈は涼しい表情で、忍の隣のデスクを拝借し、作業の準備を始める。

「帰りなさいと言った筈《はず》だが」

「拒否でーすとお答えしました。係の業務ならば、誰が消化したところで同じとも聞きました」

「一ノ瀬《いちのせ》君、困らせないでくれ」

「じゃあ困らないで下さいよ。係全部で忍センパイの負担を見ないフリするなら、一人ぐらいお手伝いに回らなきゃ、バランス取れないじゃないですか」

「一人で消化し切れると踏み、拾った仕事だ。君を煩わせる必要はない」

「だったら二人でやれば、もっと早く終われますよね。それとも私がいると、一人でするよりも時間が……いえ、今のなしにしてください」

「別に構わんが、どうした」

「忍センパイなら、ほんとに一人でやらせたほうが早く終わりそうだと思いまして」

「買い被《かぶ》りすぎだ。君の助けを得るよりも、俺一人のほうが優れる道理があるものか」

「だったら問題ありませんね。こっちは勝手に手伝いますので、忍センパイもご自由にどうぞ」

それだけ言って、由奈は忍のデスクから資料を奪い、勝手に作業を進め始めた。

なんの打ち合わせもなしに手を付けられる辺り、日中から準備を済ませていたらしい。

「……君も大概、酔狂だな」

「どういたしまして」

短い言葉を交わし、忍はパソコンのディスプレイへと向き合う。

急がねばなるまい。

いくら無礼者で気分屋の一ノ瀬由奈とはいえ、彼女は中田《なかた》忍の部下である。

そして今日は十一月十六日、木曜日。

月曜から四日働き詰めて、明日もなお労働が待ち受けている最悪の山場、木曜日なのだ。

由奈《ゆな》の貴重な睡眠時間を守る義務は、気の毒な保護受給者に力を尽くす義務や、悪《あ》しき不正受給者を取り締まる義務と、同列に尊重されねばならない。


ザアアアアアアアアアアアアアアッ　タンッ

〝機械生命体〟中田忍《なかたしのぶ》が放つ、さざ波のように打ち寄せるタイピング音。

それを耳にした由奈は、わざと忍から見えるよう、満足げに微笑《ほほえ》むのであった。

◇◆◇◆◇◆◇

終電まで延びてしまったと言うべきか、どうにか終電に間に合わせたと言うべきか。

庁舎の前で由奈と別れた忍は、青いラインの地下鉄へと乗り込み、座席に座り込んだ。

プシッ　シュ－ン　イ　イ　イ　イ　イ　イ　イ

終電だけあり、時間帯の割には混み合っているし騒がしいが、肩の触れ合うほどでもない。

忍はビジネスバッグから、布製のカバーに包まれた、古めかしい装丁の文庫本を取り出した。

降車駅までの二十分は、忍にとっての数少ない趣味、読書を楽しむ時間なのだ。


「……」

だが、目線は活字の羅列を滑り、台詞《せりふ》は頭に染み込まず、ページをめくる手は鈍い。

仕方のないことだろう。

いくらあだ名が〝機械生命体〟であろうと、中田忍は人間で、今日は木曜日。

終電まで根を詰め仕事をすれば、疲れもするし思考も鈍る。

「……ふぅ」

忍は読書を諦《あきら》め、車窓の外へと視線を移す。

ここは地下鉄、今は終電。

見えるのはただ暗闇《くらやみ》と、車窓に映る忍自身。


代わりに脳裏を巡るのは、とりとめのない過去の回想。

忍は幼い頃から中田忍だったので、あまり楽しい記憶は残っていない。

ただ、周囲が大人として成熟し、分別のある付き合いができ始めた大学時代などには、忍にも人並みの青春と言える、きらきらした思い出が存在する。

時にはぶつかり合い、時には笑い合い、時には涙させ、、、ながら、一生の知己を得た。

確かな記憶。

されど、遠い想《おも》い出《で》。


車窓の向こうに浮かぶ、冷たい闇。

ここは地下鉄。

今は終電。

そして、たったひとりの、忍《しのぶ》。

◇◆◇◆◇◆◇

いつしか忍は、どこかの居酒屋らしきテーブルに着いていた。

夢と現実の合間を揺蕩《たゆた》うような、不確かな感覚。

だが、目の前に座る友人の姿を認め、忍はこれを夢だと確信する。

忍より少し身長が高く、端正で柔らかい顔立ちの、いかにも人の好さそうな男性。

若き日の直樹義光《なおきよしみつ》その人が、記憶のままの優しい笑みを浮かべ、忍の前に掛けているのだ。

大学の同級生であり、今も交友のある義光の姿が昔のままなのは〝昔の夢だから〟。

中田《なかた》忍らしい、遠回りな論理的帰結であった。


——ちょうど、就職活動の山場を過ぎた頃だったか。

——こんな風にこんな居酒屋で、あいつと二人で酒を飲んだような気がする。

『忍って、怖いものとかあるの？』

『無論あるが、何故《なぜ》そのようなことを訊《き》く』

『大した意味はないけどさ。忍はいつも怖いもの知らずって感じだし、どうなのかなって』

『……そうだな。一言で纏《まと》めるなら、俺は〝未知〟が最も恐ろしい』

『何それ』

『〝彼を知り己を知れば、百戦危うからず〟。どんな難局も、知れば抗ずる論拠を得られる』

『なるほどね。忍が色んなことに勉強熱心なのは、それが理由？』

『ああ。臆病者の俺は、知ることで足場を広げねば安心できない』

『随分と自虐的だね』

『適切な自己評価だと考えている』

『そ、そう……でも、未知だからこそ面白い、ってときもあるじゃない』

『例えば？』

『……ある日突然、異世界からかわいいエルフの女の子が遊びに来るとか』

『おぞましいことを言う奴《やつ》だな』

『何がおぞましいのさ。漫画とか小説でも、定番の人気キャラだと思うけど』

『分かっているつもりだ。白くて金髪で耳が長くて、弓と魔法が得意な奴だろう』

『そう、それそれ。未知との遭遇、突然の異文化コミュニケーション、って感じで』

『それが義光《よしみつ》の性癖ならば否定はせんが、当事者が俺ならば御免だな』

『なんで？　エルフかわいいじゃない』

『美醜どころか、友好的か否《いな》かすら些細《ささい》な問題だ』

『はあ』

『異世界からの来訪者を迎えるだけで、地球人類は絶滅するかもしれんのだぞ』

『……はあ』

『即座に極低温で冷却し、宇宙へ放逐、最低でも南極の永久凍土へ封印せねばなるまい』

『……………』

『説明が必要か』

『うん。是非』

『そうだな……現代最後の秘境とされる、北センチネル島を知っているか』

『インドだっけ』

『うむ』

『何千年も外界と隔絶されてて、今も現代文明との交流は行われてないんだよね』

『詳しいな。では、どうして交流が試みられないと思う』

『……お金にならないから？』

『それも正解なのだろうが、インド政府の公式見解は、島民が現代の病原菌やウイルスに耐性を持たないと予想されるため、島民らの安全を考慮し干渉を避けている、とのことだ』

『新型インフルエンザとかＳＡＲＳとか、下手したら普通の風邪でも死んじゃうと』

『そうだ。俺としても、興味は尽きないんだが。これぱかりは仕方ない』

『……』

『……』

『……僕たちが北センチネル島民で、異世界エルフは新型病原菌？』

『ああ。仮に異世界エルフの常在菌が、人類を死滅させる毒素を保有していた場合、焼却処理では不完全だ。ダイオキシンの先例を基に考えれば、半端な焼却処理は土壌を侵し、その灰が風に乗り雲になり、毒の雨となって大地に降り注ぐからな。チェルノブイリの死の灰は』

『そんなん言ったらさぁ！』

『うおっ』

『あ、ごめん』

『問題ない。少しテーブルが揺れただけだ』

『良かった……じゃなくて、異世界エルフの常在菌の話だよ』

『ふむ』

『異世界エルフの常在菌が普通の炎じゃ焼き浄《きよ》められない絶望病原菌だったら、極低温にも強いかもしれないじゃん。そこだけ地球の常識で測るのはずるくない？』

『ひとつくらい、地球に都合のいい未来があってもいいだろう。極低温でも封じられないなら、地球人類は異世界エルフの常在菌に敗北するまでだ』

『……じゃあ、最初から地球に都合のいい、かわいいだけのエルフの存在を願うのは？』

『俺はそんなに幼い願いを抱けない』

『……』

『非道は承知の上だ。しかし、俺がその瞬間に立ち会ったなら、地球を代表してその罪を背負い、異世界エルフを冷凍し、可能なら宇宙に棄《す》てるだろう』

『……ひねくれすぎでしょ。そんなんじゃ、社会に出ても友達できないよ』

『お前がいるなら、それで構わん』

『はぁ……まあ、いいけどさ』

『いつもすまんな。感謝している』

『どういたしまして。それじゃあとりあえず、来たるべきその瞬間に備えて、液体窒素が保存できる冷蔵庫でも買っておきなよ』

『そうだな』

◇　◆　◇　◆　◇　◆　◇

最寄り駅の直前で目を覚ました忍《しのぶ》は、普段どおり自動改札を抜けてゆく。

ペーン　ポーン
疲れをまるで感じさせない、ぴんと伸びた背中を、視覚障害者誘導用音サインが見送った。

歩みを進める忍の脳裏に浮かぶのは、先程まで見ていた、愚にもつかない日常の残滓《ざんし》。

「……」

薄暗い街灯に照らされた登り坂は、進む先にも戻るにも、暗い闇を湛《たた》えるばかり。

ふと思いつき、スマートフォンを起動させ、時刻を確認したところで、苦笑する。

すでに日付は変わり、十一月十七日金曜日の、午前〇時過ぎであった。

その迷惑を差し引いても、『夢に出たから』などという理由で、大人は友人に電話を掛けない。

……まあ、中には掛ける大人もいるだろうし、何なら義光《よしみつ》もそういうタイプなので嫌《いや》がられはしないだろうが、忍自身がそういう人間ではなかった。

――次に顔を合わせたとき、興が乗ったら話せばいいか。

――異世界だのエルフだのと、奴《やつ》が忘れていたら間抜けな話だが、まあ、それも構うまい。

とりとめもない想像に耽《ふけ》りながら、チラシばかりの集合ポストを確認。

忍の住むマンションは、小綺麗《こぎれい》ながらも作りは古く、オートロックもエレベーターもない。

忍は普段どおり、きびきびと階段を三階まで上り、玄関扉へ鍵を差し込んだ。

——明日の準備などを差し引いても、三、四時間は眠れるだろう。
——後は一ノ瀬《いちのせ》君に、何か礼でも考えて……
そうして忍《しのぶ》は玄関扉を開き、室内へと進み入り。

自身の正気を、疑った。

仕方あるまい。
中田《なかた》忍がひとりで暮らす賃貸マンション、2LDKの一室。
加えて言えば〝あの〟中田忍が防犯対策を整え、施錠を確認した空間。
何者の侵害もあり得ない、あっていいはずのない、その部屋のリビングには。

まるでレースカーテンのような、白い布を身に纏《まと》った。
肌が白くて、金髪で。
耳が長くて、弓と魔法が得意そうな。

異世界エルフの美女が、ごろりと仰向《あおむ》けに横たわっていた。

公務員、
中田忍の**悪徳**

第一話　エルフとの遭遇

十一月十七日金曜日、午前〇時過ぎ。

完全な密室であったはずの、忍《しのぶ》が一人で暮らす賃貸マンション、２ＬＤＫの一室。

普段どおりの仏頂面《ぶっちょうづら》を張り付けたまま、忍の知恵の歯車は、高速で回転を始める。

止める者はいない。

だからこそ、彼の行動は素早かったし、ある一面においては的確だった。


コートと背広を脱ぎ捨てて、玄関脇《わき》の洗面所からタオルを掴《つか》み、軽く濡《ぬ》らして鼻と口を覆う。

窓に侵入痕跡《こんせき》がなく、なおかつ施錠されている状況など、防犯に関する各設備の確認。

和室、寝室、収納、浴室、トイレを回り、他の侵入者がないことを見極める。

宅内の各所に少しずつ隠している結構な現金、有価証券類等は手つかずと見えた。

さらにエアコンの電源を抜き去り、換気扇を止めて。

玄関扉を内から施錠し損ねたが、注視すべきは外より内だ。


必要な状況確認を終え、忍は《エルフ》から距離を取る。

狭い賃貸マンションの居室内では、離れられてもせいぜい5メートルというところだが、あくまで忍は冷静たらんと努めた。

《エルフ》の動向を、見逃さないように。

少しでも長く、自分が生きられるように。

少しでも長く、生きて——


——生きて、どうする。


不意に浮かんだネガティブな思考を、しかし忍は即座に打ち消した。

少なくとも今の忍には、生きるべき理由とも言える義務が、確かに存在したから。

誤解のないようハッキリさせておくが、中田《なかた》忍は知恵の〝回転だけ〟が速い人類の男性であり、完全無欠の超人でも、無敵の機械生命体でもない。

それどころか、純粋に生まれ持った能力だけで見れば、むしろ凡庸な人間とすら言える。

忍が優秀な支援第一係長の体裁を保てているのは、誰より担当業務に精通すべく、自らの時間を犠牲にして、弛《たゆ》まぬ努力を重ねてきた成果に過ぎない。

故に、突然の未知と遭遇すれば、忍本来の迂闊《うかつ》で、規格外で、奇想天外な一面が顔を出す。

極限の回転数が導く結論は、大抵常人には思い及ばないほどブッ飛んでいるのだ。

だが今、この場面に限っては、彼の知恵の回転こそが、何より必要なのかもしれなかった。

仕方あるまい。

忍《しのぶ》の目前に横たわる《エルフ》は、すでに昨日までの現実を追い越していた。


これ以上余計なことを考える前にと、忍は懐からスマートフォンを取り出す。

無情な左上の表示時刻は、確かに午前〇時過ぎを示している。

明日も朝から仕事なら、きっと起こせば恨まれる。

だが忍は、躊躇《ちゅうちょ》なく操作を進め、迅速に電話機能を呼び出した。

――すまない。

――世界が朝を迎えるために、お前の力を貸してくれ。

　プルルルルッ プルルルルッ プルルルルッ プッ
「夜分にすまん、義光《よしみつ》。ひとつ確認させてくれ」

『大丈夫だよ。どしたの？』

「お前の仕業ではないんだな？」

『えっと……？　ごめん、もう寝るとこだったから、ちょっと話が見えないかも』

「覚えていないか。昔、居酒屋で……いや、そうだな、悪かった。俺がどうかしていた」

『いいよ。忍がこんな時間に連絡してくるんじゃ、よっぽどのことがあったんでしょ』

電話に出たのは、中田《なかた》忍の良き理解者で特別な友人、直樹《なおき》義光。

大抵の一般人なら就寝準備中か、とっくに夢の中であろう時間の電話だったが、義光は嫌そうな雰囲気を微塵《みじん》も感じさせず、柔らかな声色で忍に語り掛ける。

『ともあれ、久しぶり。梨狩り行って以来だっけ？』

「そうだな……いや、悪いが時間がない。話を進めさせてくれるか」

『何それ。トラブル？』

「特大のな」

『なるほどね。僕にできることはある？』

「ああ。悪いが付き合って欲しい」

『ん、おっけー』

中田忍と直樹義光は、大学時代から付き合いが続く、親友同士である。

忍は知恵の回転だけが速い、小難しい性格の複雑怪奇な男であったが、義光は頭の回転が速く、なおかつ人付き合いも良い、非の打ちどころがない男であった。

趣味趣向にはそこまで共通点のない二人だが、忍は社交的で愛想のいい好人物である義光を尊敬していたし、義光のほうでも不器用だが誠実な忍を気に入っていたので、十年以上の月日が経《た》ち、当たり前に友達の少ない忍が相手でも、交流は続いているのだ。

『で、どうしたの？　警察に捕まって迎えが必要とか？　まさかね』

「いや。今すぐに液体窒素と、人ひとり入れて極低温を維持できる冷凍コンテナ類を用意して欲しい。金は後で都合する」

『あー。警察はこれから必要になる感じ？』

そうだと言われたらちょっと困るな、と義光《よしみつ》は後悔する。

まあ、ちょっと困るだけで、最終的には忍《しのぶ》の味方をするのだが。

忍がもし殺人に手を染めていたのなら、手を染めるだけの訳があるのだろうから。

とか思ってしまうあたり、人が好《よ》すぎるというか、やはりこの義光も、忍の友人をやれる程度の素質があるのだ。

果たして忍の答えは、義光の想像とは違っていた。

「公権力は頼れない」

『え？』

「現実へ最適化された行政も、漠然と温《ぬる》い性善説に侵された世論も、問題の解決に役立たない。為《な》すべきを識《し》る者が、すべきことをすべきうちに済ませねば、徒《いたずら》に被害を広げるばかりだ」

意味不明。

けれど、付き合いの長い直樹《なおき》義光には、忍の思惑《おもわく》がなんとなく見えてしまう。

故に当然、投げかける疑問。

『……じゃあ』

　確かめるように、義光。

『何を、中に、入れるつもりなの？』

　実は義光は聞きたくなかったし、実は忍も答えたくなかった。

　義光のほうは、もう殺人以上に厄介かつ、〝あの〟中田《なかた》忍ですら処理できないような、どえらい事態が起こっていることを確信したので。

　忍のほうは、これを口に出せば、目の前の現実を認めることになると、諦観《ていかん》していたので。

　それでも、話さなくては仕方がない。

　忍の眼前5メートル先には、未《いま》だ変わらず〝それ〟が横たわっているのだ。

　だから忍は、半ばやけくそ気味な気分で、しかし静かな口調で、義光に告げた。

「《エルフ》を、冷凍したい」

　重い空気が流れたような気がしたが、お互い電話越しなので、実際にはお互いがそれぞれどんよりとした気分になっただけだ。

『……ああ、居酒屋の話、エルフ……ってごめん、え、ちょっと、本気なの？』

「俺が仕事から帰ったら、完全施錠のリビングにゴロリと転がっていた。加えて侵入の跡も見当たらないし、この時間にこの状況だ。超常現象を疑うに不足はないと考える」

「……いや、でもさあ」

「うちにマグネットセンサーが仕掛けてあるのは、義光《よしみつ》も知っているだろう」

『いやごめんその前提おかしくない？』

「マグネットセンサーだ。必要な手順を踏まず、リビングの内扉やベランダの窓を開けるとセンサーが反応し、連動させてあるフィーチャーフォンから俺宛に電子メールが届く。加えて」

『待って待ってちょっと待って』

「どうした」

『いや、その、なんで？』

「俺も一応公務員だ。保秘と防犯には人一倍気を遣うさ」

『……玄関扉には仕掛けないの？』

「義光は面白いな。ご近所の住民に勘付かれたら、おかしな噂が立つじゃないか」

公務員の自宅は何処《どこ》もそんな感じに要塞化《ようさい》されているのか聞きたくなった義光だったが、辛《から》くも口に出すのを止《や》めた。

もちろんその理由は、そんな質問訊《き》くほうが馬鹿《ばか》だと、寸前で気付いたからである。

「とにかく、このエルフらしき存在は、俺の仕掛けたあらゆる防犯対策を一切無視する形で突破し、ここにいる。さらに言えば……」

帰りの電車内で見た、あまりにもタイムリーな例の夢。

話せば義光も大層驚き、真剣に取り合ってくれるだろうが、今目指すべきは発現理由の究明ではなく、眼前にある危機の速やかな解消であることを、知恵の回転は正しく捉えていた。

故に忍《しのぶ》は、端的な結論だけを口にする。

「……現時点で想定できる、あらゆる可能性を吟味《ぎんみ》した末の結論だ。信じて貰《もら》いたい」

一方、真摯《しんし》な態度を崩さぬ忍の懇願に、義光は絶句するほかなかった。

長年の友人である義光は、忍が下劣な冗談を好まぬ現実主義者《リアリスト》であり、安易な妥協を許さぬ完璧主義者《パーフェクショニスト》であり、眼前の現実へ理性的に向き合える合理主義者《ラショナリスト》だと知っていた。

故に忍が『あらゆる可能性を吟味した末の結論』と言ったなら、それはまさしくそうなのだ。

だが義光のほうも、おいそれと忍の言葉を認めるわけにはいかなかった。

『実はうっかり間違えて、隣のお宅にお邪魔しちゃってるとか大丈夫？』

「そんな馬鹿なシチュエーションで、俺が電話を掛けると思うか」

『自宅に突然異世界エルフが召喚されるよりは、ギリギリありかと思った』

「否《いな》めない」

素直に認める忍。

確かに余程あり得るし、そっちのほうがいくらかマシだったが、忍《しのぶ》は自分の鍵で玄関を開けて自室に入った上、部屋中確認を済ませているのだから、間違いが起きようはずもない。

そんなことは義光《よしみつ》も承知の上だが、できればそのほうが良かったと声色で語っていた。

「……ふむ」

言葉を交わし、やや冷静さを取り戻した忍は、視線だけで《エルフ》の観察を始めた。

身長は160センチ程度、健康的に盛り上がった身体《からだ》のラインは、女性のそれを連想させる。

また、白いレースカーテンのような質感の布で、全身が緩やかに包まれていた。

人間的な外見年齢に換算すれば、二十歳前後に見えるだろうか。

外国人というよりも、どこか神秘的というか、浮世離れした雰囲気を感じさせる。

頭髪は、肩から背中にかかるほどの金髪。

長さの割に傷んだ様子もなく、言ってしまえば美しい。

肌の色は淡い白。

瞼《まぶた》が閉じているので瞳《ひとみ》の色は分からないが、耳は長く尖《とが》っている。

「耳が長く、尖っているな。実にエルフ的だ」

『そりゃあ、耳が尖った外国の方だっているんじゃない』

「そういうレベルを超えているぞ、この長さは」

『何それ。500ミリのペットボトルぐらい長いの？』

「いや。大きめのハムスターぐらいだろう」

『……そう』

　忍は動転しているから仕方ないんだ、と割り切り、義光はハムスターを縦に見るのか横に見るのか確認することを止《や》めた。

『揺らして起こして、どこの誰なのか確認してみたら？』

「冗談は止めてくれ」

『……冗談、って。本人に確かめる以外、方法なんてないんじゃ』

「……義光」

　電話越しにもはっきりと分かる、忍の嘆息。

「俺が電話を掛けた理由は、もう分かっているんだろう」

『そりゃあ……世紀の大発見を、数少ない友達に伝えたかったから』

「違う。用件は最初に言ったはずだ」

　確かであり、思い返す必要すらない。

　忍は、液体窒素と冷凍コンテナを手配するため、義光に連絡を取ったのだ。

『……』

「……」

『……液体窒素と、冷凍コンテナって、ちょっとまさか本気で』

「そうだ」

そう。

知恵の回転だけやたらに速い中田忍《なかたしのぶ》は、自宅に突如異世界エルフが召喚されたと見るや、自身が取れる最善の一手を打ったのだ。

即ち。

換気口を断《た》って、可能な限り異世界エルフの常在菌が屋外に流出することを防ぎ。

濡《ぬ》れタオルで鼻と口を塞《ふさ》ぎ、自身が異世界エルフの常在菌に感染する危険性を下げ。

信用の置ける友人に、異世界エルフの常在菌を活動停止させるための道具を手配した。

「手筈《てはず》どおり宇宙に棄《す》てたいところだが、あいにくNASAにはツテがない。南極上陸も現実的でない今、せめてレンタカーでも借りて、知床岬《しれとこみさき》からオホーツクの海底へ」

『止《や》めろもう何もするな』

「何故《なぜ》だ」

『僕もすぐそっちに行くから。一緒に《エルフ》と友達になろう』

急に義光《よしみつ》が馬鹿《ばか》になった、と忍は思った。

慌てるのは俺だけで十分なのに、いきなり舞い上がらないで欲しいものだ、とも思ったが、巻き込んだ上それではあまりに失礼なので、どちらも口には出さないでおく。

その代わり、義光が快く液体窒素の手配に入れるよう、努めて優しく諭《さと》すことにした。

「義光」

『何さ』

「友達を海の底に沈めるのは、道義的に良くない。ひと思いにやらせてくれ」

『……』

繰り返すようだが、忍は知恵の〝回転だけ〟がやたらに速い男である。

ちょうど良く止めるのは難しいので、こんな風に何かを台無しにするのも珍しくない。

むしろ、人類史上初となるかもしれない異世界存在との邂逅《かいこう》を前に、あくまで目的を見失わず普段どおりに振る舞えるのは、中田忍ならではの凄《すご》みと言えるだろう。

それが状況の解決に役立つかは、また別の問題であるのだが。

『忍、止《や》めよう』

「何故だ」

『《エルフ》だって生きてるんでしょ。気に入らないからって、凍死させるのは良くない』

「……」

忍が一瞬、黙り込む。

義光の言葉に納得した訳でないのは、誰にでも、無論義光にだって分かる。

ならば何故黙り込んだかと言えば、なんのことはない。

義光を円滑に説き伏せるため、再び知恵の歯車を回転させていたに過ぎない。

「なあ、義光《よしみつ》。落ち着いて聞いてくれ」

『聞くよ。だから電話を切って、よそに液体窒素を発注するのは止《や》めて欲しいな』

「分かった」

『スピーカー通話にして、お急ぎ便で液体窒素を探すのもナシだね』

「……分かった」

一瞬通話の品質が低下し、すぐに戻った。

「義光。〝バシリスク〟を知っているか」

『えーっと……ゲームとか小説に出てくる奴《やつ》かな。相手を石にしたりする』

「それだ。原典について学んだことは?」

『ないけど』

「古代ローマの空想博学を描いた〝博物誌〟が初出と言われている。曰《いわ》く、外見こそ小さめの蛇でしかないが、その匂《にお》いを嗅《か》いだだけで周りの生物は死に、吐息をかけられた岩は砕け散り、殺そうと武器を振るえば武器伝いに毒が回り、逆に殺されてしまうそうだ」

『馬鹿《ばか》げてるよ。異世界エルフの常在菌にも、人類を死滅させる力があるって?』

「それは俺にも分からん。だがないものと高を括り、地球上の全生物と天秤に掛けるのはナンセンスだ。ほんの1パーセントでも危険があるのなら、排除するべきだろう」

『分かるよ、それは分かる。だけど今、現に忍《しのぶ》は死んでないよね』

「常在菌の作用なら、発症までに間があろう。犠牲が俺だけで済むなら、それが最善だ」

『そもそもバシリスクだって、空想博学でフィクションなんでしょ。同列に捉えていいのかな』

「ならば異世界も、エルフもフィクションの筈《はず》だ。この際、何が真実になろうとおかしくない」

『だから凍らせて沈めるの？　死んじゃうよ？　《エルフ》は悪いことしてないのに』

「俺とて本意ではないが、未知の危険は目の前にある。俺が情に流され役目を投げ出す選択こそ、人類に対する卑劣な裏切りだろう」

「裏切りって……!!」

静かで不毛な舌戦。

とりわけ焦っているのは、むしろ義光のほうだった。

義光は、忍の複雑すぎる人間性に隠れた、人より篤《あつ》い優しさの存在を、ちゃんと知っていた。

だが同時に、その心が誠実すぎることもまた、知っていた。

確かに忍は、無益な殺生を良しとしない、高潔な倫理観を持っている。

その一方で、本当に必要となれば、あえて心を閉ざし、その倫理観すら踏み壊し、非情な手段に出られる強さも持ち合わせている。

だからこそ、焦る。

忍は条件さえ整えば、今すぐにでも《エルフ》を氷漬けにして、宇宙の彼方《かなた》に投げ棄《す》てられる男なのだ。

『ねえ忍《しのぶ》、考え直そうよ。《エルフ》だってひとつの命だ。何も殺さなくたって』

「俺も《エルフ》に罪はないと考えるが、天秤の片方に乗っているのは、地球全部の命だぞ。その全てを危険に晒《さら》す可能性のある異世界エルフを、世に放つ訳にはいかん」

『だけど！』

「無論、義光《よしみつ》のことも、巻き添えにしたくはないんだ」

『……』

やっぱり、忍はいい奴《やつ》だ。

口にしなかったのは照れ臭かったせいか、このまま《エルフ》を冷凍する方向性で押し切られると思ったせいか。

ともかく義光は、言葉に詰まった。

それを忍は、協力に対する拒絶だと受け取ったらしい。

「……巻き込んですまなかった。後は俺がなんとかしておく」

『いや、僕だってもう当事者だ。今さら知らなかったことにはできない』

「気持ちはありがたいが……」

『ほら、どうせ冷凍するなら、もう少しだけ考えてみようよ。忍だって、むやみに命を奪いたいわけじゃないんでしょ』

「いくら考えようと、この《エルフ》が安全な生物か、まず生物なのかを判断する術《すべ》がない」

改めて《エルフ》を見やる忍。

これだけ騒ぎ立てても、幸か不幸か、今のところ目覚める様子はない。

『どういうこと？』

「〝代わりの生化学〟というのがある」

『はあ』

忍の知恵の回転が速いことは散々解説しているが、彼にはさらなる悪癖があった。

こう書くと知恵の回転も悪癖みたいに感じられてしまうだろうが、というかはっきり言ってしまっているが、その辺りは各々《おのおの》の感性に任せるとして。

さらなる悪癖とは、目の前の出来事と自分の蓄えた知識に共通項を発見すると、それを披露せずにはいられなくなること。

要は、話したがりのオタクみたいなところがあるのだ。

誠実な彼に友達ができにくい理由の一部分は、この悪癖が占めている。

なお、友達を失いやすい理由の大部分はまた別の悪癖が占めているのだが、語り始めるときりがないので、とりあえず忍の話に焦点を戻す。

「〝代わりの生化学〟とは、地球の生命が基本とする、炭素あるいは炭素化合物による体組成を持たない生物が、地球の外には存在し得るという考え方だ」

『ケイ素生物みたいな、未知の素材を原料にした生物が、異世界には存在するかもってこと？』

「ああ。この《エルフ》がそうなら、全てを俺たちの物差しで測れなくなる」

『そんなこと言い出したら、なんでもアリじゃん』

「なんでもアリだから困っているんだろう。異世界だぞ。常に身体《からだ》から放射線に似た何かを放出している可能性も、現時点で否定はできない」

『そっ――』

「あり得ないと、誰に言い切れる」

『……』

「例えば磁石。砂の中に投げ込めば砂鉄が集まるアイツだ。一見してただの硬いカタマリだが、実際には目に見えない謎《なぞ》の力を両極から発し続けている。その力は、互いを引き合ったり、突き離したりする。強力な磁石を使えば、巨大な物体でも宙に浮かせられるし、小さいものを生物の肩や腰に貼《は》れば体機能が回復する。意味不明だ」

『……似たような理屈で、異世界存在の生態は、人類に悪影響を及ぼすかもって?』

「そうでない可能性もある。だがさっきも言ったが、俺たちの物差しで測れないのなら、大丈夫だろうと看過する訳にもいかない」

『……』

これは悪魔の証明だ。

忍《しのぶ》の目の前にいる異世界エルフが、十七次元の反現象面プリズムから受信した短電波系波長を有する未知のゆらぎ運動を絶えず半径8メートル空間内に漂わせている可能性を否定できなければ、危険性がないことを誰も証明できない。

もっと分かり易く言えば、やっぱり得体の知れない《エルフ》は気持ち悪いから、さっさと始末したほうが安全確実だよね、という話だ。

「冷凍し海底に投げ棄《す》てるどころか、いっそ宇宙に投げ棄てるだけでは足りない可能性もある。《エルフ》が顕現した時点で、この宇宙は崩壊を始めている可能性も」

『逆に考えるのもありじゃないか、忍』

唐突に、義光《よしみつ》。

「うん？」

『その《エルフ》って、見かけはファンタジーのエルフに見えるんでしょ？』

「ああ。外形的特徴はそう見える」

『人間の想像し得るフィクションで捉え切れる以上、その《エルフ》が人間的理解を著しく超えた存在だと考えるのは、かえって不合理という見方もできるよね』

「……一理ある」

忍の思考の方向性が変化し、新たな結論を求めて回転を始める。

義光《よしみつ》の言うとおりだった。

本当になんでもありの異世界存在だったなら、手が四本あっても不思議ではない。

気配を感じるために、嗅覚ではないセンサーに頼る進化があってもいい。

そうした異形の進化の道を、辿《たど》っていないと言うならば。

「義光。お前の推論は、恐らくある程度正しい。確かにこの《エルフ》は、俺たちの常識を完全に否定するほど異質な存在ではないかもしれん」

『じゃあ、《エルフ》を冷凍するのは』

「だが、決め手に欠ける」

忍《しのぶ》は悩む。

知恵の歯車を、回転させ続ける。

忍とて、殺したいわけではない。

だが、未知の塊である《エルフ》をそのままにするのは、危険だ。

——何か。

——何か、決め手はないのか。

「まず、耳が長い」

耳が長いのは大きな特徴だが、所詮《しょせん》は耳だ。

長かったところで、耳である。

《エルフ》の危険性を勘案するに、なんの材料にもならない。

——他に、何かないのか。

「手がある。足がある。頭がある」

——違う。

「目がある。鼻が、口がある」

——違う。違う。

「服を、着ていて」

——違う。違う。違う！

「胸元が上下しているので、恐らく呼吸をしている」

——酸素を取り入れているのだろう。

——だが。

——違う。

——いや。

——違う。

——いや……

「……」

『……』

静寂。

「……」

『……』

「……義光《よしみつ》」

か細い忍《しのぶ》のつぶやき。

『……うん？』

ためらうように。

しかし、力強く。

何かの大きな確信を掴《つか》んだ声色で。

忍が、言った。

「胸が、大きい」

『……は？』

「いや、待ってくれ違う!!」

『……どうしたの』

「訂正する」

「どうやら乳房が、かなり大きい」

『……』

時刻は、とうに真夜中。

疲弊した義光は、衝動的に電話を切ってしまいたくなる。

「……」

だが、電話口の忍がどうしても話を聞いて欲しそうな雰囲気だったし、今のところ問題はひとつも解決していないので、仕方なく付き合ってやることにした。

『……それで？』

「何故《なぜ》驚かずにいられる!?」

『何が』

「分からないか」

『少なくとも今話すべきことじゃなくない？』

「まあ聞け。お前が貧乳派であることも知っているが、我慢して聞いてくれ」

『はあ』

たとえ巨乳派であっても寝てしまいたかったが、直樹義光《なおきよしみつ》は我慢してちゃんと聞いた。

本当に優しい男である。

「人類が樹上生活を送っている頃、性的魅力は尻《しり》が司っていた」

『……はい』

「地に降り立ち、二足歩行を始めたことで、尻の役目は乳房に譲られた」

『だから？』

「分かるだろう。地に降りて、尻が衰退し、乳房が台頭した。何万年もの時をかけて、乳房はいやらしくなったんだ」

『……』

「分かってくれたか」

『いや全然』

義光の冷ややかな反応を、忍《しのぶ》は全く意に介さない。

それどころかますます興奮した様子で、電話口に語り掛けてくる。

鬱陶《うっとう》しかった。

「つまりだ。誤解を恐れることなく言えば、《エルフ》の乳房は揉《も》まれるために存在している」

『はい』

「地球は奇跡の星、奇跡の星で乳房の豊かな女性がもてはやされる事実もまた奇跡。お前はさらに別の奇跡を重ねるつもりか」

『分かんない。僕には忍の言いたいことが分かんないよ』

「ふむ」

少しの間を空け、いくらか落ち着いた様子で、忍は表現を改める。

「この《エルフ》は、地球人類にかなり近い進化の過程を辿《たど》っているのではないかと仮定した」

『……なるほど』

この説明で理解が及ぶ義光の素養も相当なものだが、ともかく義光は忍の主張を受け入れた。

忍は、人類固有の進化である〝生殖を土台とした、性的魅力《セックスアピール》の根源としての乳房の発達〟を理由に、《エルフ》が安全であるという仮説を組み立てたのだ。

例えば手が二本ついていて、先端部に指が五本あることについては、〝色々便利だから〟ぐらいの理由だけで、地球以外の環境でも同様に進化する可能性がある。

だが〝樹上生活からの転換〟〝授乳を軸とする繁殖〟〝性的魅力〟などの〝そういう環境でなければこんな風にならない〟条件のもとで発生する進化の要素については、地球と同じ、またはよく似た外的環境がなければ、残り得ないのではないだろうか。

地球、あるいは地球と似た世界でなければ、女性のおっぱいは大きくならないのだ。

「結論として、地球に近い環境で進化したであろう《エルフ》の常在菌が地球の生命を滅ぼす可能性は、極めて低いと考えられる。地球の生命を滅ぼすような常在菌が生息する環境で、地球人類と同様の進化が起こりうる可能性は、高くないと推認できるからだ」

『その仮説が正しいのかどうか、僕には判断つかないけど、とりあえず《エルフ》を冷凍する必要はなくなった、ってことでいいの？』

「まだ分からん。だが、考える余地は生まれたと言っていい」

『そっか……』

良かった。

いや、実に良かった。

経緯はともかく、異世界エルフ冷凍計画は中断に至ったのだ。

無論、《エルフ》がどういう存在で、どういう目的で、どのような手段で忍《しのぶ》の家に現れたのかはまだ明らかでないし、忍が《エルフ》の冷凍処分を一時的に思い止《とど》まっただけで、事態は特に進展していないのだが。

義光《よしみつ》はどっと疲れが出た気がして、座り込んでしまった。

もう何度目か分からないが、寝てしまいたいと思っていた。

忍の、次の言葉を聞くまでは。

「うむ、なかなかいい感触だ」

『感触……』

感触。

……感触？

『感触、って』

「ああ、今乳房の触感を確認している。間違いない、生殖のための柔らかい乳房だ」

『お前バッカじゃないの！！！？？？？』

電話口から飛び出して、部屋中に響き渡る義光の叫び声。

「つっ……いきなり大声を出すなよ」

『出したくもなるよ何考えてんのさ突然！　さっきまで近づくのも嫌《いや》がってたクセに!!』

「仮説を実証したんだ。この乳房が真に生殖の為《ため》のものなのか、火急の確認が必要だった」

『手を離せ』

「大丈夫だ。乳首と乳房ぐらい、俺でも揉《も》めば分かるさ。あとは乳腺と脂肪組織が」

『そうじゃない』

「ふむ」

ピクッ

『異世界の常識がどうなってるかは知らないけどさ』

ムクッ

『人類と《エルフ》が近似した進化を辿《たど》っているって言うなら』

「……」

『見知らぬ男に乳房をまさぐられた場合の反応も、同じなんじゃあないの』

「……義光《よしみつ》」

『なんだい』

「少し、遅かったらしい」

「乳房をまさぐっている最中に」

「《エルフ》が目覚めて、こちらを見ている」

『……、…………!!』

義光が電話口で何か叫んでいるようだったが、忍《しのぶ》の耳には届いていなかった。

忍の知恵は、かつてないほど高速で回転しており、外界の情報は遮断されていた。

確かなことは二つ。

ひとつ。

唐突に起き上がった《エルフ》が、透き通る碧眼《へきがん》で忍を見つめている。

ひとつ。

《エルフ》の左乳房は、大きいのに重力にも負けず、仰向《あおむ》けの姿勢でも崩れない革命的なお椀《わん》型《がた》でありながら、感触は随分と柔らかい。

なぜ左乳房限定なのかと言えば、忍は乳房を右手で揉《も》んでいて、左手にはスマートフォンを持っているからである。

ついでに言えば、《エルフ》が着ていたレースカーテンのような布は随分とだぼだぼしており、隙間《すきま》から直《じか》に左乳房を揉めたので、柔らかさに関してはもう間違いない。

直《じか》に触って揉《も》んでいるのだから、当然の帰結である。

逆に、忍《しのぶ》が乳房を揉んでいる件を、《エルフ》がどう考えているのかは分からない。

何故《なぜ》なら、《エルフ》は忍を見つめるばかりで、如何《いか》なる感情表現も読み取らせない、無表情を貫いているからだ。


中田《なかた》忍と異世界エルフ、二人きりの室内。

掌《てのひら》と乳房で繋《つな》がる、仏頂面《ぶっちょうづら》と無表情。


――いける、のか？


忍らしからぬ、正常性バイアスにまみれた思い込みが浮かび、忍はそれをいったん肯定する。

何せ、相手は異世界エルフ。

アフリカに住まう先住民族の一部には、男性器にサイの角を被《かぶ》せ、ことさらに目立たせ、神聖なものとして扱う風習がある。

古代ローマにおける男性器は、生殖の神秘と破邪の象徴として畏《おそ》れ崇《あが》められていた。

ルネサンス時代の女性を評価する基準は〝豊満〟であり、豊かな乳房を露《あら》わにした裸婦画は今の時代にも広く愛されている。

そして異世界は、即ち可能性の世界。

気安く乳房を触り称《たた》えることが、異世界の価値基準においてはむしろ――

「――――~~~~!!」

――だめか。

忍《しのぶ》は即座に《エルフ》の変化を読み取った。

《エルフ》の顔面が紅潮し、大きく目を見開いて小刻みに身体《からだ》を震わせ始めんとする状況について、鋭敏に察知したのだ。

異世界の価値基準は未《いま》だ不明であるものの、こちらの価値基準に当てはめるのならば、《エルフ》は間違いなく恥辱《ちじょく》に震えていた。

――万事休す。

速すぎる知恵の回転は、退路のない忍を追い詰める。

すでに周知のこととは思うが、忍が《エルフ》の乳房を揉《も》みしだいた行為に、爪《つめ》の先ほどのやましさも、みだらな欲望も介在していない。

忍は人類を代表する義侠心、そしてただ純粋な知的好奇心を発露させ、その発露すぎる発露のせいで、つい服の中に手を突っ込んで生乳《なまちち》を掴《つか》み、揉みしだいただけなのだ。

ならばすぐにその手を離し、許してくれと詫《わ》びる以上に誠実な解決策はないところだが、ここに壁が存在する。

その誤解と誠意は、如何《いか》にして《エルフ》へ伝わるか。

天文学的な偶然、あるいは致命的なご都合主義により、《エルフ》が即座に日本語を解し、かつこちらの価値観に寛容であればそれで良い。

しかし相手は、異世界エルフである。

中国には〝歌〟と〝音階〟でコミュニケーションを取る人々も存在するという。

必ずしも〝言語＝コミュニケーションの手段〟であるとは限らない。

そもそも《エルフ》に意思疎通の概念があるのか、何処《どこ》にも保証などありはしない。

あるいは、仮に意思の疎通が成立し、《エルフ》に〝赦し〟の概念が存在したとして。

頭を下げれば良いのか？

はたまた、土下座をすれば良いのか？

そのリアクションが、《エルフ》らにとって侮辱を意味するものだとしたら、どうだ。

親指と人差し指で円を作る、いわゆるＯＫやお金を示すハンドサインは、ブラジルやロシアでは性的に下劣な表現として認識されており、不用意に使えば殴られても文句は言えない。

また、親指をグッと立てるサムズアップも、中東やアフリカの一部では侮蔑《ぶべつ》的な表現と認識されているので、これも下手をすれば怒られるし、殴られる可能性もある。

……さっきから豆知識のような小話がちょいちょい挟まってくるのは、実際に忍《しのぶ》がそんなことを思い出しながら物事を考えているからである。

こんな風に思考がちょいちょい横道にずれた結果、忍と親密になった人間は、日常のあらゆる場面で、唐突にどうでもいいうんちくを聞かされるハメになるのだ。

とはいえこの状況で、貴重な思考リソースを遊ばせてはおけない。

事態は急を要する。

異世界エルフの機嫌を損ねて何が起こるのか、忍には想像し切れない。

たとえ常在菌に危険がなかろうと、エルフは魔法を使うというのが、最近のファンタジーと中田《なかた》忍の知識における共通認識であった。

想像もつかないような豪熱爆殺魔法で消し炭にされる可能性も、ゼロではないのだ。

——ならば。

——どうする。

なんの結論も出ないまま、ここまで二秒。

知恵の〝回転だけ〟が速い忍は、未《いま》だに有効な打開策を拾えない。

豪快に知恵を空回りさせ続ける忍の前で、《エルフ》がゆっくりと口を開こうとするのが、スローモーション撮影のように見えた。

魔法を使うのか。

あるいは、ただ大声を上げたいだけなのか。

どちらにしても、厄介この上ない状況であった。

魔法で部屋が吹き飛ばされれば、七割返して貰《もら》いたかった敷金が返ってこない可能性もあるし、大声を出されたら、いくらばっちり窓を閉めていようと、流石《さすが》に恐らく苦情が入る。

ご近所には役所勤めと知られているので、必要以上に気を遣って生活していたし、子供もいないのに自治会のイベントや避難訓練に顔を出し、生活環境安定のため努力してきた忍である。

それはしきたりに囚《とら》われているとも、しきたりで自らを守ろうともしているようで。

——実のない人生だな。

——極限状況の中、思い返すのはそんな話ばかりか。

忍が、自嘲《じちょう》の笑みを浮かべかけた、その瞬間。


知恵の回転が生み出した、たったひとつの冴《さ》えた閃《ひらめ》き。

《エルフ》が口を開いたその瞬間と、ほぼ同時に。

忍は、唯一の味方に繋《つな》がるスマートフォンを、床に落とした。

『……のぶ、大丈……し…っ!!』

少し心細いが、仕方ない。

邪魔だから、仕方ない。

ゴトッ

スマートフォンが落ちる音に驚いたか、《エルフ》の動きが止まる。
その隙《すき》を見逃す、忍《しのぶ》ではなかった。

シュルルルルルルルル　スルッ

——意識のない女性の乳房を揉《も》みしだいている最中、その女性が目覚めたとき、揉みしだいていた男性はどうするべきか。

プツッ　プツッ　プツッ　プツッ

——当然、その右手を離すべきだろう。

「……しかし」

バリバリバリバリ！！！！

「…………!?」

「敢《あ》えてこうしたら、どうだ！」

もみゅ　もみゅ　もみゅ　もみゅ

大変なことになってしまった。

忍はネクタイを解《ほど》きワイシャツのボタンを外し、肌着を首元から引き裂いて、裸体の胸板を《エルフ》に晒《さら》し、改めて両手を《エルフ》の服へ突っ込み、両乳房を激しく揉み始めた。

「！？！？！？？？」

誰がどう見ても意味不明。

《エルフ》の様子が羞恥《しゅうち》から、困惑と戸惑いに切り替わる。

異世界エルフも、照れたり戸惑ったりするときは人類と同じような反応をするのだなあ、と思った忍は、《エルフ》を冷凍して棄《す》てんとしていたことを、少しだけ後悔した。

少し後悔しただけで、今後似たようなことがあれば、結局棄《す》てるつもりでいるが。

仕方あるまい。

危険な常在菌がいるかもしれない異世界存在は、可能な限り冷凍して棄てるのが望ましい。

今回はたまたま、そうできていないだけなのだ。

　もみゅ　もみゅ　もみゅ　もみゅ
不意を打ったのは一瞬。

再び、むしろ激しく揉《も》まれ始めたことを自覚した《エルフ》は、戸惑いから驚き、さらには怒りへと感情をシフトさせつつあるように見えた。

だが、忍《しのぶ》は全く動じていない。

忍の知恵は、その回転を止めていた。

何故《なぜ》なら。

必要な結論は、すでに導き出されているのだ。

「……」

忍は薄っぺらで、優しげな笑みを浮かべようとする。

上手《うま》くやれている自信はなかったが、もはやこの際構うまい。

相手は異世界エルフ。

こちらの常識など、通じると思うだけ傲慢《ごうまん》だ。

だからこそ忍は、付け入る隙《すき》があると判断した。

もみゅ　もみゅ　もみゅ　もみゅ

《エルフ》は無表情のまま、揉まれている乳房と、忍の胸板を交互に見つめている。

無理もない。

忍の行動は地球の常識に照らし合わせても、常軌を逸しており異常である。

現時点で《エルフ》がいた世界の常識を判断する材料はないが、《エルフ》の様子を見る限り、常識的ではないのだろう。

しかし、今このときこの場において、忍の行動にはちゃんとした意味があった。

即ち。

――この世界では、初対面の相手の乳房と、自分の乳房を揉み合う〝しきたり〟が存在するのだと、思い込ませること。

訂正しよう。

ちゃんとした意味ではなかった。

苦し紛れであったが、忍がこの状況を逆転できる、唯一の手段であったのだ。

もみゅ　もみゅ　ぐにゅ　ぐにゅ

〝しきたり〟なのだから、教える側がぎこちなくては《エルフ》も納得しない。

アメリカ人は久々に会った爆乳のイトコにも、ホームレスの元旦那《だんな》にも、平気でニコニコ抱きついているではないか。

あくまで当然のように、乳房を揉《も》まなくては。

――手つきは自然だろうか。

――不自然さは出ていないか。

そもそも不自然な奇行だが、そんな自問すら打ち消し、忍《しのぶ》は乳房を揉み続ける。

――まだ、揉まないのか？

――俺はこんなにも、〝揉んでやって〟いるというのに。

当たり前のしぐさで。

何事でもないように、積極的に。

揉まねば。

戸惑いは、電話の向こうに置いてきた。

――そちらが揉みやすいように、俺は肌着まで裂いているんだぞ。

果たして。

――さあ。

《エルフ》は、指先を震わせながら、

──さあ。
おずおずとした手つきで、
──さあ。
忍の胸板を、直接、

──さあ!!

◇◆◇◆◇◆◇

どれほどの時間が経《た》っただろうか。


「忍っ!!」

豪快に開け放たれる玄関扉。

そういえば、幸か不幸か、先ほど鍵を掛けていなかった。

「大丈夫、しのっ……」

取る物も取り敢《あ》えず駆けつけたのであろう直樹義光《なおきよしみつ》は、室内の惨状を目の当《ま》たりにするや、呆《あき》れとも悲嘆ともつかない、実に微妙な表情を浮かべた。

やむを得ないことだろう。

「……忍《しのぶ》」

むにゅ　もにゅ
もにゅ　むにゅ
義光《よしみつ》の眼前では、無残に破れた肌着を纏《まと》った忍が、《エルフ》の生乳《なまちち》を揉《も》み続けており。

《エルフ》のほうは無表情のまま、顔を真っ赤に染めて、忍の胸板をぺたぺたしていた。

「……何やってんの？」

「……ああ」

忍が複雑な表情で頷《うなず》く。

「これが地球の、挨拶《あいさつ》代わりだ」

◇　◆　◇　◆　◇　◆　◇

「何か分かったことはあるの？」

「挨拶が済んだ。今はそれで十分だろう」

「そうだね」

言いたいことは色々とあったものの、いったん横に置いておく義光である。

三人――三人として良いだろう――三人は、ダイニングテーブルで向かい合っていた。

かつて忍が交際相手との同棲《どうせい》のために買い揃《そろ》え、結婚直前に別れたのでろくに使っていないものの、捨てるに捨てられずここまできた余分な椅子《いす》が活躍している。

《エルフ》は先程の恥辱《ちじょく》などなかったかのように、能面のような無表情で、テーブル越しに忍と義光を見比べていた。

想像しづらい人は、鏡の前で両手の人差し指を立て、無表情に視線だけでそれぞれの人差し指を見比べると理解が及ぶだろうが、家族に心配される可能性も高く、あまりお勧めはしない。

また、先程の奇行を挨拶と定義するならば、《エルフ》は義光とも乳房を揉み合わねばならないのだろうが、《エルフ》の側もうやむやになるならそのほうが幸せなはずなので、自然な感じでなかったことにした義光である。

直樹《なおき》義光、空気の読める男であった。

一方、肌着を替えて一息ついた忍は、《エルフ》をちらりと見やり、義光へと向き直る。

「強《し》いて言うなら、《エルフ》は高い知能を持ち、同調行動を理解すると見た」

「同調行動?」

「とっさの判断を迫られた際、他人を基準に行動を決定する心理だ。例えば」

言いかけた忍が天井を見上げると、釣られて義光も見上げてしまう。

それに釣られた《エルフ》が天井を見上げて、蛍光灯の灯りを直視してしまったのか、ちょっと嫌《いや》そうに眉根《まゆね》を寄せた。

かわいい。

それに気付いたのか、忍《しのぶ》が目線を義光《よしみつ》へと戻し、義光と《エルフ》もまた追従する。

「これもまた、同調行動だ」

「凄《すご》く胡散臭《うさんくさ》いんだけど」

「しかし義光も《エルフ》も、実際に天井を見上げただろう」

「まあ、確かに」

「重要なのは、俺と親しい義光はともかく、《エルフ》が俺をトレースした点だ。敵意を見せるでもなく、異世界性《オリジナリティ》溢《あふ》れる行動を取るでもなく、乳房を揉《も》まれながらも冷静に俺を観察し、〝しきたり〟を見極め、意図的に従属したように見える」

「じゃあ、この《エルフ》……ちゃんは、地球の文化に歩み寄ろうとしてるってこと?」

「俺はそう捉えた」

義光は呆《あき》れた。

あの状況から、よくぞこんな結論を引っ張り出してくるものだと。

天才は思わぬところから閃《ひらめ》きを得ると聞くが、こんな形で閃きを得る生き物になるくらいなら、自分は凡人でいたいとしみじみ思う義光であった。

「纏《まと》めるぞ。この《エルフ》は、言葉こそ喋《しゃべ》れないようだが、外見なりの、あるいはそれ以上に高い知性を持つ上、人類に対して友好的、悪くても中立的な存在だと考える」

「なるほど、分かったよ」

「うむ」

「じゃあそれを踏まえて、ひとつ確認していいかな」

「ああ」

「《エルフ》ちゃん、これからどうするの。今さら冷凍して海に沈めたり、しないよね？」

「……」

黙りこくってしまう忍。

目先の思い付きに大喜びしてしまい、後のことは考えていなかったらしい。

「《エルフ》ちゃんがどうして忍ん家《ち》にいるのかとか、知りたいことは僕もあるけど、まずはどうするのかを決めたほうが良くない？」

「それに関しては、俺にも一応考えがある」

「えっ」

虚を突かれた義光が慌てる。

仕方のないことだろう。

赤ちゃんポストの名は耳にするが、異世界ポストはついぞ聞いたことのない義光である。

だが区役所勤めの忍《しのぶ》は、それに似たナニカの在処《ありか》を知っているのかもしれない。

「何を驚いている、義光《よしみつ》。俺が何をすると思った」

「あ、えー、あ……その、警察に引き渡すとか」

「酷《ひど》い奴《やつ》だな」

「忍に言われたくないんだけど⁉」

《エルフ》を即冷凍して海へ沈めるつもりだった男に、非情を責められる義光であった。

「俺は純粋に地球の運命を案じたんだ。人道的な観点で考えるなら冷凍処分などしないし、右も左も、言葉も分からないような《エルフ》を公権力に押し付けるべきではない」

「ううん……」

義光は《エルフ》を見やる。

やはり言葉は分からないのだろうが、変な雰囲気は察したようで、軽く俯《うつむ》いている。

忍の推測したとおり、外見相応の知性を備えているのかもしれなかった。

「……仕事の話は、あまり聞かせたことがなかったな」

二人は大学時代からの親友だが、互いの仕事の話はほとんどしないし、聞きもしない。

それは互いの考え方やプライベートを尊重する大人同士の配慮であり、仕事の話など交えなくても話題が尽きないほど、二人の仲が良い証左でもある。

「俺は現在、生活保護制度の最前線にある、福祉生活課の支援第一係長を拝命している」

「それは……大変そう、だね」

「……ああ」

複雑すぎる想《おも》いを言語化できず、忍は短く答えを返す。

要求ばかり高める世論。

日々過酷さを増す業務《ケース》。

数多《あまた》の保護受給者《ナンバー》。

数多の不正受給者。

他人事《ひとごと》の職員たち。

進まない法整備。

〝大変〟の一言で片づけるには、あまりに重く、暗い。

いち公務員たる中田《なかた》忍が目にしてきた、それは紛《まぎ》れもない現実であった。

「事情通を気取る訳ではないが、俺は福祉行政に身を置く一人として、この国が《エルフ》に与えるであろう庇護《ひご》の限界を、正しく想像しているつもりだ」

「……忍の仕事のことや、行政の仕組みはよく分からないけど、普通の国民向けの福祉と、存在が特別な異世界エルフなら、扱いも違うんじゃないの？」

「この国は異世界エルフの存在など認めないだろう。そうでなくともこの国が、法や常識を超えてまで《エルフ》を護《まも》ると、俺には信じられない」

義光《よしみつ》もいい大人であり、忍《しのぶ》の言葉が的外れでないことを、十分に理解している。

たとえそれが公権力や警察であろうと、《エルフ》を第三者に預ける選択は、論外だ。

全ての公務員が、堀内茜《ほりうちあかね》のように情熱的であったり、中田《なかた》忍のように優しいわけではない。

《エルフ》の来歴が頭ごなしに否定され、ろくでもない警察官がろくでもないNPOに引き渡し、ろくでもない値段でろくでもない国に売られたりしたら。

または、引き渡した第三者へ不満を覚えた《エルフ》が地球を真に救済するため、究極爆熱魔法で人類を滅ぼすことを決意したら。

あるいは《エルフ》の政略的価値が火種となり、新たな世界大戦が勃発《ぼっぱつ》したら。

全部避けたい。

かと言って、忍の〝考え〟とやらを確認するのは、正直ちょっと怖い。

だから、ここが悩みどころだ。

人道的立場から《エルフ》の保護を謳《うた》った義光が、今度は《エルフ》の始末について頭を悩ませ始めた頃、忍は何やらスマートフォンをいじくっていた。

「義光、見てくれ」

「うん？」

義光が画面を覗《のぞ》き込むと、釣られて《エルフ》も画面に顔を近づけてくる。

《日本　エルフ　研究》◆検索

「車に……ゲームに……アニメに……小説。流石《さすが》に一筋縄ではいかんか」

検索結果にご不満の忍が嘆息し、義光はただただ頭を抱《かか》えた。

「日本エルフ研究省とかあったら、引き渡すつもりだったの？」

「まさか。そんないかがわしい所に」

「じゃあ何を求めて検索したのさ……」

忍は誠実な男だし、知恵の回転だけは速い。

だからこそ、真面目《まじめ》に考えてはいるのだろう。

いや、いるはずなのだ。

多分。

多くの人類が、時折その考えに付いていけないのは、きっと思考の回転速度が彼に追いつけていないせいで、義光や周りの人間が悪いのだ。

おそらく。

「うむ、なんと説明すればいいか」

本当に、何か考えがあったらしい。

「まず、いるはずのない異世界エルフが、何故《なぜ》か我が家に現れた。俺の家だけが唯一の例外と考えるよりは、他にも例があると考えるほうが自然だろう」

「うん」

「言い換えれば、世界のどこかには、異世界エルフ召喚の前例や、対応のノウハウが存在する可能性を、俺は肯定すべきだと考えた」

「それで、エルフの研究施設？」

「ああ。だがそんな施設の話は聞かんし、どう検索してもゲームや漫画の話しか見つからない」

「そりゃそうでしょ」

「何故《なぜ》だ」

「〝異世界エルフ〟も《エルフ》も、僕たちが勝手に呼んでるだけだもん。仮に前例があったとしても、〝エルフ〟で検索して見つかるわけないでしょ」

「……」

スマートフォンを掲げたまま、忍《しのぶ》が固まる。

まるで銅像のような静止っぷりに興味を惹《ひ》かれたのか、《エルフ》は音もなく立ち上がり、忍の傍《かたわ》らにしゃがんで、首をゆっくり左右に倒しながら、忍の首元辺りを見上げている。

「……まあ、忍の言いたいことは分かるよ。ビッグフットやネッシーならまだ分かるけど、山奥で謎《なぞ》の色白耳長人間を見た！　なんて都市伝説、聞いたことないもんね」

「そうだろう」

直樹義光《なおきよしみつ》の粋な助け舟により、中田《なかた》忍の再起動が成功した。

流石《さすが》は忍の親友、手慣れたものであった。

「インターネットや衛星写真などが台頭し、地球上の不到地帯といえば深海くらいの昨今、《エルフ》じみた存在が大々的に研究されているなら、そう隠しきれるものではあるまい」

「じゃあ、異世界エルフの研究施設は存在しないか、異世界エルフが来たのは初めての例？」

「あるいは、異世界エルフの研究が極秘裏に行われており、俺たちには想像もつかないほどの情報統制が為《な》されている可能性も否定できない」

「それって」

「必要な関係者以外は全員殺されている、とかな」

「……」

義光には反論できる材料がない。

その代わり、忍が続けざまに口を開いた。

「暫《しばら》くの間、《エルフ》は俺が面倒を見ようと思う」

「えっ」

「生かすのならば、それしかないだろう。俺に異世界送還呪文のアテはないが、法の外側に立てる地球人類として、法の外にいる《エルフ》を護《まも》ることはできる」

「……いや、忍はむしろ、法の内側の人間でしょ」

「内を知る人間は、外にも立てるという理屈さ。法を護《まも》る人間だからこそ、その破り方にも理解が及ぶんだ」

「忍《しのぶ》は……」

それでいいの、と尋ねかけた義光《よしみつ》は、いいに決まっていると思い直し、口を噤《つぐ》んだ。

公務は公務、私事は私事と言い切る常識外れの図太さは、いかにも中田《なかた》忍らしいではないか。

「異論があるのか、義光」

「いやない。全然ない。それで行こう。とてもいい考えだと思う」

「……そうか」

ああ良かった。

何が良かったたって、忍の〝考え〟が、実に平和的なものだと分かったことである。

「それに、あの乳房を揉《も》みしだく行為が、地球の正しい挨拶《あいさつ》でないと《エルフ》に教えてからでなくては、外にやるのは憚《はばか》られる」

忍もそういうのは気にするんだ……と一瞬思った義光だったが、これもまた忍らしい考え方だな、と思い直す。

この先《エルフ》に恥をかかせるのが、心苦しいのだろう。

やはり、どこか忍は憎めない。

「差し当たり、地球における生活基盤を確立させられるまでは、面倒を見るつもりだ」

「生活基盤って？」

「自身の存在を大衆に明かすか、秘匿《ひとく》して生きるかを選べる程度の知識は与えてやりたいな。あるいは、身分や戸籍の問題を解決できたなら、自身で食い扶持《ぶち》を稼ぎ、社会に馴染《なじ》める程度の能力を身に付けさせ、自立できるまでの手助けをしてやりたいと考える」

お分かり頂けるだろうか。

これが、さっきまで液体窒素で固めて海に棄《す》てるとか言っていた人間の言葉である。

この状況でこんな台詞《せりふ》を吐けるのは中田忍か、軟弱なサイコパス位のものだろう。

一応、前者と後者は性質が全く別物ではあると、忍の名誉のために付記しておく。

加えて言うなら、忍も社会に属し、様々な経験を積んできた大人である。

この決断が、己の人生を不可逆的に変質させるであろう事実をも、重々承知していた。

「……」

《エルフ》の様子がなんだか嬉《うれ》しそうに見えるのは、単なる義光の思い込みだろうか。

仮にそうだとしても、義光が何かを決意するには、十分なきっかけであった。

「……だったら、僕にも協力させてよ」

「気持ちは有難いが、止《や》めておけ。いや、止めて欲しい」

「なんでさ」

「異世界エルフの身柄を狙う悪の秘密結社が存在する可能性は、いったん横に置くとしてもだ」

ないでしょそんなの……とは口に出せない義光《よしみつ》。

彼の目の前には、地球上にいるはずがない《エルフ》が、確かに存在する。

「既に話したとおり、《エルフ》の保護は、法の外側にはみ出して行わねばならない」

「うん。ぼんやりとだけど、理解はしてるつもりだよ」

「掻《か》い摘《つま》んで言えば、日本国の法律上、《エルフ》がヒトとして扱われると仮定した場合、その身分は密入国者となり、刑法は密入国者を匿《かくま》った者をも犯人隠避罪の被疑者として罰するんだ。区役所の福祉生活課員として、そうした事情をよく識《し》る俺が罪に手を染めたなら、強い訴追を受けるであろうことは、想像に難《かた》くない」

「……」

「無論、その協力者もいい目には遭《あ》わんだろう。だから――」

「だからこれ以上、巻き込みたくない……なんて、酷《ひど》いこと言うつもりじゃないよね？」

忍《しのぶ》は一瞬、虚を突かれた表情を浮かべ。

やがて、諦《あきら》めたように微笑《ほほえ》んだ。

その様子に《エルフ》はちょっと驚いたのか、長い耳をぴんと立てていた。

かわいい。

「分かった。世話を掛けるだろうが、宜《よろ》しく頼む」

「ん」

握手をするでもなく、肩を組み合うでもなく、ちらりと視線を合わせるだけ。

中田《なかた》忍と直樹《なおき》義光の間には、それだけあれば十分なのだ。

「じゃあまずは、色々と準備を進めなきゃ」

「ふむ」

「差し当たり、異世界エルフって何食べるんだろうね？」

「……」

和みかけた空気は一転。

ひどく重い沈黙が、室内に満ちる。

「た、例えば木の実とか食べるのかな。クルミとか」

必要なことを言ったはずなのに、何故《なぜ》か雰囲気が悪くなってしまい、やや焦る義光。

「戦時中、捕虜の米兵に牛蒡《ごぼう》を食わせた日本兵は、戦後裁判で死刑になったらしい」

「都市伝説らしいよ、それ」

「真実か否《いな》かは問題じゃない。アレルギー的反応の可能性も考慮し、慎重に判断を下すべきだ」

「うぅん……」

「食べ物はいったん置いておこう。乳房があるなら脂肪がある。すぐには死ぬまい」

「そんな、ラクダじゃないんだから」

「脂肪はエネルギーだ。ラクダだって《エルフ》だって変わらないさ」

「……まあ、そうかな?」

「それよりも考えるべきは、飲み物だ」

「飲み物」

「ああ。〝3の法則〟を知っているか」

「……知らないけど」

印象の薄い話なので再びここに記すが、直樹義光《なおきよしみつ》は卒業した大学の助教として、日本の野生生物の生態を研究している。

研究の一環としてフィールドワークに出ることも多く、恐らく忍《しのぶ》よりその手の知識に詳しかったが、忍が解説したくてうずうずしている雰囲気を感じ取り、知らない風を装った。

直樹義光、気転の利く男である。

「生命に危機が生じる状況においては〝3分以内の呼吸〟〝3時間以内の酷暑または極寒からの避難〟〝3日以内の給水〟〝3週間以内の食事〟を遵守せよ、というサバイバルの鉄則だ。《エルフ》が人類に近似した進化を辿《たど》っている前提だが、まずは水分さえ摂取させられれば、当面の危機は脱すると考えて良いだろう」

「……なるほど」

「加えて、意思疎通に向けたアプローチとしても有益だと判断した。現代日本のナンパ師も、まずは対象の女性を喫茶店に誘うのが定石《じょうせき》だという。種族を超えてのコンタクトにも、ある程度の成果が期待できるはずだ」

「……」

言いたいことが四つくらい頭に浮かんだ義光だったが、上手《うま》く話題が切り替えられたし、ちょっと喋《しゃべ》り疲れたので、何か飲めるならもうなんでもいいやと思い黙った。

◇◆◇◆◇◆◇

十一月十七日金曜日、午前三時三十八分。

「水道水はいまいち？」

「ああ。常在菌が塩素で死に絶えて、そのまま《エルフ》の生命活動が停止した場合、俺には一生ものの心的外傷《トラウマ》が残ると思う」

「いや僕にも残るよ、それ」

「だろうな。では災害対応用の備蓄水はどうだ」

「そんなのあるの？」

「500ミリリットル、二十四本入りの3ケース。日常的に利用しつつ一定の備蓄を切らさない、ローリングストック法により常備している」

「……忍らしいよ」

やいのやいの。

カウンターキッチンで騒ぐ二人は、この隙《すき》に《エルフ》が何かしたり、外に出ないかなど、一切心配していないかのようだった。

いや、実際心配していなかった。

二人は《エルフ》に美味《おい》しい水を飲ませようと必死で、周りなど見えていないのだ。

そしてそんな二人の様子に興味津々の《エルフ》は、特に動こうとしていなかった。

「食器はこれ使っていいの？」

義光《よしみつ》が取り出したのは、忍《しのぶ》の家で最も高価な、引出物で貰《もら》った有名ブランドのスープ皿。

「平皿で水を出すのはどうなんだ。犬じゃないんだぞ」

「確かにそうだね。ごめん」

「構わんよ」

普段どおりの仏頂面《ぶっちょうづら》でこそあれ、特に不機嫌でもない様子で、なみなみと水が注がれたグラスを三つ、ダイニングテーブルに運ぶ忍。

「僕たちの分も水なの？」

「同じものを飲んで見せないと、《エルフ》も手を付けないだろう」

「確かに」

《エルフ》には、忍たちの動きを真似《まね》ようとする、同調行動の習性——習性という表現は馴《な》染《じ》まないが、現時点で他に表現方法が見当たらない——習性があると突き止めたからこそ、こういった手段も取れるのだ。

地球の挨拶《あいさつ》代わりという名の乳揉《も》みも、無駄ではなかったのである。

そして、深夜のダイニングテーブルに向かい合う三人。

誰もが緊張した面持《おもも》ちで、備蓄水の注がれたグラスを見つめている。

最初に動いたのは忍。

続いて、義光。

「……！」

驚く《エルフ》を尻目《しりめ》に、忍は勢い良く、義光は探り探りに水を飲み干した。

後は、《エルフ》。

注目が集まった《エルフ》の行動は、果たして忍たちの予想を超えた。

　チャプン

《エルフ》は無表情のまま、グラスに左手の五指を突っ込んだ。

（……どう思う、忍?）

（分からん。フィンガーボウルと勘違いしたわけではなさそうだが）

（そう願いたいね。僕たち飲み切っちゃったし）

手洗いの水が大好きな二人と思われていたら心外である。

だが、《エルフ》はそのまま動かない。

そうなれば忍《しのぶ》たちとしても、特にリアクションを起こすことができず、じっと《エルフ》の様子を窺《うかが》うばかりだ。


深夜のリビングダイニング。

静かな時間が流れる。


（忍、ねえ、忍）


傍《かたわ》らから聞こえる、義光《よしみつ》の囁《ささや》き声。

（どうした）

小声で答える、忍。

（グラス、よく見てみて）

（グラス……？）

言われながら視線を向けた忍が、一瞬にして固まる。

《エルフ》の水が、明らかに減っていた。
（ふむ）
息を呑《の》み、再び視線を向けると、毎秒1ミリくらいの速度で水が減っていた。
（どういうことだ）
（僕にも分からないけど……異世界エルフは、指から水を飲むんじゃないの）
（馬鹿《ばか》な。何故《なぜ》――）
言いかけて、おかしいのは自分のほうだと自己完結する忍。
元々おかしいが、今のおかしいは普段のおかしいと違うタイプのおかしいである。
何しろ相手は、異世界エルフ。
何があってもおかしくはないと言い放ったのは、忍自身ではなかったか。
指から水を飲もうが、尻《しり》から飯を食おうが、あり得ないとは誰も言い切れない。
ならば今は《エルフ》が動じないよう、特性を好意的に受け止めてやるべきだろう。
中田《なかた》忍は人類のしきたりと誤魔化し、《エルフ》の生乳房を散々揉《も》みしだいたのだ。
指から水を飲むぐらいの奇行、快く受け入れるのが筋であった。
「いい飲みっぷりだな」
忍は《エルフ》のグラスに、ボトルから新たな水を注いでやる。

「……」

《エルフ》は忍《しのぶ》のほうをちらと見やると、グラスへ視線を戻した。

微笑《ほほえ》んだように見えたような気もするが、何せ基本が無表情なので確信は持てない。

（どう思う、義光《よしみつ》）

（喜んでたように見えたよ。僕も注いであげようかな）

（そうじゃない）

（違うの？）

《エルフ》の指先が植物の根のように水を吸うなら、光合成をすると思うか）

（ああ、それはあり得るかもね。エルフは自然と共に生きるって言うし）

（馬鹿《ばか》を言うな。葉緑素の緑色は、伊達《だて》や酔狂ではないんだぞ）

（じゃあ、異世界には〝葉白素〟が存在しているのかも）

（では、何故《なぜ》《エルフ》に乳房がある。あの柔らかさが細胞壁のそれとは、到底信じられない）

（そんなこと言われても……）

二人の葛藤《かっとう》を知ってか知らずか、《エルフ》は水を飲み終え、ご満悦に見えた。

◇◆◇◆◇◆◇

「これでいい？」

《エルフ》が指先から水を飲むという、異世界ぶりを見せつけてから小一時間後。

買い出しに行っていた義光が、ようやく戻ってきた。

「うん……ふむ……義光、このぶどうジュースは100パーセント果汁ではないぞ」

「あ、ごめん」

「いや構わない。あと、この野菜ジュースはやめておこう」

「どうして？　健康的でいいと思ったんだけど」

「指先に野菜のカスが詰まったらどうする」

「ぶっ」

「あながち冗談でもない」

「そうだね。詰まったら危ないよね」

そろそろ夜明けも見えてくる、午前五時頃のことである。

義光はコンビニを回り、果汁100パーセントジュース等の様々な飲料を買い集めていた。

「《エルフ》の吸水が、植物の根と同じ目的で行われるなら、俺の仮説は誤っていたことになる」

「どうして？」

「乳房があるから哺乳類《ほにゅうるい》に近い、という仮説なのに、植物だったらどうする」

「人類に似てる生き物じゃないって結論になるから、やっぱり異世界エルフの常在菌は人類に有害かもしれないって話になる？」

「大体そうだ」

「もう液体窒素は勘弁してよ……」

「そうでなければ……例えば異世界エルフは、指先から栄養豊富な液体を吸収するタイプの生物だとしたら、どうだ」

「栄養豊富な液体って？」

「色々ありそうなものだが、ぱっと思い浮かぶのは血液だな」

「いくらなんでも物騒すぎ……いや、指先じゃなければ、特に珍しくもないね。ヒルとかさ」

「吸血コウモリなども該当するか。母乳は白い血液とも言うし、案外合理的なのかもしれん」

「……むしろそっちのほうが、液体窒素漬けにして沈めるべき危険生物じゃない？」

「そう言うな。宇宙人だって、牛の肛門から内臓やら血液やらを吸収すると言うじゃないか」

「え、何それ」

「キャトルミューティレーションだったか。アメリカでは有名な都市伝説だ」

「都市伝説じゃん……」

「なんにせよ、食生活の違いで差別をするのは良くない」

「僕には忍《しのぶ》の判断基準が分かんないよ」

ぶつぶつ言いながら、きちんと協力している辺り、直樹義光《なおきよしみつ》は心の広い男なのである。

状況はそう難しくない。

《エルフ》の前には、数種類の飲み物が紙コップに注がれ並べられている。

オレンジジュース、りんごジュース、ミックスジュース、グレープフルーツジュース。

先程話に出た、カスが出るタイプの野菜ジュースやコーヒー類、乳製品、炭酸水などは、指から摂取した場合の危険性などを勘案して、一応外してある。

これら付加的栄養素を含んだ液体を《エルフ》が指から摂取するか否《いな》かで、《エルフ》が植物的生態に属するか、吸血コウモリなどのように栄養がある液体からエネルギーを摂取する吸血的生態に属するか判断の材料を得るのが、忍の目的だった。

すでにグラスの件から、《エルフ》は勧められれば液体を摂取すると判明している。

だから、あとは《エルフ》次第。

じっと、注がれた液体を睨《にら》む、忍と義光。

そして向かい合う《エルフ》。

《エルフ》の面持《おもも》ちは一見緊張しているようで、特に何も考えず各ジュース類を眺めているようにも見えつつ、結局は無表情のまま。

言い方を換えれば、何を考えているのか分からない表情をしていた。

「……」

忍《しのぶ》は仏頂面《ぶっちょうづら》のまま、静かに知恵を回転させている。
《エルフ》の行動如何《いかん》によってはすぐにでも冷凍し、知床岬《しれとこみさき》から沈めねばならない。
だが今の自分に、そこまで極端な行動ができるのか。
言葉こそ通じないが、高い知性に加え、人類と共通する感情らしきものを見せた《エルフ》。
その《エルフ》を、未知の危険があるだけで、対話もせずに殺してしまうことが。
今の自分に、できるのか。

——やらねばなるまい。
——それが、俺の為《な》すべきことならば。

忍が、密《ひそ》かに拳《こぶし》を握り締める。
義光《よしみつ》に、《エルフ》に悟られないように、決意する。

——俺の。
——俺自身の、手で。

顔を上げ、忍が《エルフ》を見据えた、その刹那《せつな》。

「……」

《エルフ》がりんごジュースの紙コップに、指を差し入れた。

かと思えば。

「……！」

嬉《うれ》しそうな様子で指を抜き去り。

「……♪」

ゴク
ゴクゴクゴク
ゴクゴク
ゴク
紙コップを持って、口から一思いに、飲み干してしまった。

「……」

「……」

「……？」

「口からも飲むらしいな」

他人事《ひとごと》のように忍が呟き、義光はそろそろ眠いので帰りたいなと思い始めていた。

第二話　エルフとバベルの女

ここでいったん、現況を整理しておこう。

十一月十七日金曜日、午前六時十二分。

駅まで下って七分、戻りはその倍かかる高台の最上部に立つ、オートロックもエレベーターもない、少し古めのファミリー向け賃貸マンション、その三階にある2LDKの一室。

西側の玄関扉を入ると、右手に寝室として使っている六帖《じょう》の洋室、左手に浴室・トイレなどの水回りがあり、正面の内扉を開けると、手前側にカウンターキッチン、奥側にベランダと通ずる掃き出し窓のあるリビングダイニングへと至る。

さらにその左側、襖《ふすま》一枚隔てた先には、主に客間として使う、六帖の和室が存在する。

それこそ客など滅多に来ないが、義光《よしみつ》が泊まりに来るときなどは、ここで寝かせているのだ。

そして、飲み物騒動もひと段落した、中田忍《なかたしのぶ》邸のリビングダイニング。

《エルフ》は大人しく椅子《いす》に掛けながら、空の紙コップをにぎにぎするうち、案外弱い素材だと気付いたようで、そっと形を戻していたが、思うように戻せなかったのか、ちょっと上目遣いに忍を見上げている。

かわいい。

対する忍は、椅子を盾に《エルフ》の前へ立ちはだかり、冷蔵庫への進路を塞《ふさ》ぎながら、どうにかジュースの飲みすぎは健康に良くないことを伝えられないかと、対応に苦慮していた。

そして、義光は。

「……見てよ、忍」

「うん？」

立ち上がり、カーテンを開く義光に、忍ばかりか、釣られた《エルフ》も目を向けて。

そのまま、固まった。

「《エルフ》ちゃんの世界にも、負けちゃいないんじゃないかな」

「……そう、だな」

忍の住む賃貸マンションは高台に立つ上、部屋も東向きの三階である。

忍が――というか同棲《どうせい》予定だった忍の元交際相手が、数十軒の内覧を経てこの部屋を選んだ理由は、まさにこの瞬間を楽しむためだった。

「これが、地球の夜明けだ」

ヒトの住む、建物の群れの向こうから。

朝日が、誇らしげに昇っていく。

「……」

《エルフ》は無表情のまま、その碧眼《へきがん》に朝日を映していた。

この《エルフ》が、何故《なぜ》忍《しのぶ》の部屋に現れたのかは分からないし、分かる見込みもない。
忍たちとの邂逅《かいこう》自体、《エルフ》の望んだ結果なのか、そうでないのかも、分からない。
ただ。
この異世界エルフが、朝日を美しいと感じ合える存在であればいいと。
忍は、心の底から、思った。

その刹那《せつな》。

ピピピピッ　ピピピピッ　ピピピピッ　ピピピピッ　ピピピピッ

安寧を切り裂く電子音が、部屋中に響き渡った。

「……まずいな」
憔悴《しょうすい》する忍。
《エルフ》から冷蔵庫への進路を椅子《いす》で妨害しつつ、頭を抱《かか》えている。
変なところばかり器用な男であった。
だが《エルフ》のほうはと言えば、珍妙な地球人類の行動をぼやっと観察しているばかりで、
冷蔵庫に殺到するどころか、椅子から立ち上がる様子すらない。

「今以上にまずいことなんて、あるの？」

もっともな指摘だが、忍の表情は暗い。

「ある」

「なんだって言うのさ」

「そろそろ出勤準備を始めねば、遅刻する」

「あぁー」

頭を抱える義光《よしみつ》。

えっ、という感じで驚く忍。

区役所への出勤は忍自身の問題であって、義光までそんなに悩んでくれなくてもいいのに、といった表情である。

そんな忍の反応すら予測できたからこそ、義光は頭を抱えたのだが。

「あのね、忍」

「どうした、義光」

「休もう。当然の如《ごと》く」

「なっ」

虚を突かれ後ずさる忍を見て、義光は懸念が的外れでなかったと悟る。

嘆息。

そして一言。

「出勤したいの？」

「待て、それは」

「はっきりしてくれる？」

正直はっきりさせたくはなかったが、話が進まないのでいやいや促す義光《よしみつ》である。

また、義光は本気で怒らせると本当に怖いので、忍《しのぶ》は慎重に言葉を選ぶ。

「《エルフ》の件は私事だ。仕事を休む言い訳には――」

「その為《ため》に法律破る覚悟なんでしょ。いまさら年休取るくらい、何ビビってんのさ」

「……」

「第一、忍が出勤するなら、その間《エルフ》ちゃんの面倒は誰が見るの」

「……すまなかった」

「……」と「す」の間には、義光が想像し得ない程の葛藤《かっとう》があったに違いない。

だが、《エルフ》と意思疎通どころか、その生態も把握できず、爆惨破壊魔法使用の可否すら不明の状態で、保護者を立てず《エルフ》を一人にするのは絶対まずい。

かと言って忍の性格上、義光に《エルフ》の面倒を見させたりはしないだろう。

ちょっと考えれば、分かる話なのだ。

忍が《エルフ》の面倒を見ると決めた以上、少なくとも今はここから離れられない。

当然、区役所に出勤など、している場合ではないのだ。

最低限《エルフ》に対して、大人しく留守番してくれるようお願いできるまでは、コミュニケーション方法を模索し続ける必要があった。

「忍のことだから、年休なんかためっぱなしでしょ。少しくらい休んでも問題なくない？」

「……そうだな」

いつになく、煮え切らない態度の忍。

《エルフ》はそんな忍が気になったようで、いったん紙コップを置き、椅子《いす》に座ったまま器用に上体を左右へ反《そ》らし、真正面に立つ忍の憂《うれ》い顔を、様々な角度から観察し始めた。

普通なら椅子から落ちそうなものだが、《エルフ》の腹斜筋はたいそう強靭《きょうじん》なのだろう。

「それとも、他に何か心配事でもあるの？」

「……必要だと分かってはいるんだが、上手《うま》く嘘《うそ》をつく自信がない」

正直は美徳であるが、それ故に工夫の要《い》らない生き方でもある。

忍が自らの人生において、悪しき搦《から》め手《て》を利用せざるを得ない場面は多くはなかったし、あっても今より緊急事態だったし、実行したところで大抵無残な結果に終わっていた。

ましてや今回はただのズル休みなので罪悪感が湧《わ》き、却《かえ》ってハードルが高いのだった。

「そこは頑張ろうよ。必要なんだから」

「係長として部下の不正を監視する立場である以上、自ら不義を行うのは気が咎《とが》める」

「……まあ、今回は私利私欲の為《ため》じゃなくて、異世界エルフに破壊されるかもしれない世界の為っていう高潔な目的があるんだし、罪悪感を目的意識にすり替えれば、気持ちの負担も軽減できるんじゃないかな」

「《エルフ》の為に、呵責《かしゃく》を捨てろと?」

「人類救済の為でもいいけどね。なんにせよ、一日仕事を休む理由にしては十分すぎ」

「そういうものか」

「社会の仕組みが厳しいのは、個人のズルを計算に入れてるからってのが、僕の持論だよ」

「ふむ」

直樹義光《なおきよしみつ》。

忍《しのぶ》を含め様々な人間が彼を評価するのは、こんな気遣いが自然にできるからだろう。

「それにほら、今日は金曜日なんだし。土日は普通に休めるんでしょ?」

「今日を凌《しの》ぎ、金土日で三日かければ、《エルフ》とも意思疎通が叶《かな》うかもしれんな」

「そしたら、職場に与えるダメージも最小限で済ませられるね」

「……分かった。前向きな結果を得るための不義だと考え、敢《あ》えて欺瞞《ぎまん》を働くとしよう」

「いいと思うよ」

床面ギリギリの、テーブルの天板裏越しのアングルが気に入ったのか、珍妙な姿勢で忍を観察する《エルフ》を眺めながら、義光は小さく微笑《ほほえ》んだ。

◇◆◇◆◇◆◇

時刻は、午前七時二十五分。

円滑な言い訳のイメージトレーニングを重ねながら、課室に混乱を巻き起こさないギリギリのタイミングまで粘って、忍《しのぶ》は自身のスマートフォンを手に取った。

椅子《いす》に掛けつつ、珍妙な角度から忍を見上げていた《エルフ》が、軽く俯《うつむ》く。

忍がスマートフォンを取り落とし、両乳を揉《も》み始めた奇行を思い出したのかもしれない。

若干の罪悪感に苛《さいな》まれる忍であったが、今は構っていられない。

素早く電話機能を呼び出し、区役所福祉生活課長卓上の直通番号を入力する。

電話帳を使わないのは、紛失に伴う情報漏洩《ろうえい》を警戒し、必要な番号を暗記しているからだ。

ちなみに忍が区役所に就職して十年間、スマートフォンの紛失はおろか、一時的な置き忘れすら起こしたことはない。

ならそこまで注意する必要もないだろう、という意見もあるだろうが、それは違う。

大事故とは、ある日偶然起きるものではなく。

普段から小さな失敗を繰り返している者が、ある日ふと起こす、大きな失敗なのだ。

それ故に忍は、日ごろから気配りを欠かさなければ大事故を避けられると考えていたし、ある意味でそれは正論だった。

プルルルッ　プルルルッ

だが、何事も理屈だけでは片付かないのが、現実の恐ろしいところだ。

プルルルッ　プルルルッ

例えば、慣れない人間が、慣れないことを突然、慣れないままにやろうとすれば。

プルルルッ　プッ

『はい、福祉生活課長卓上、扱い一ノ瀬《いちのせ》です』

必ずと言っていいほど、取り返しのつかない事故が起きるのだ。

忍にとっての不運は、堀内茜《ほりうちあかね》を譴責《けんせき》した頃から始まっていた。

氷の真綿で絞め殺すような冷たく苦しい忍の指導、通称〝ナカチョウ節〟を久々に見せつけられた普通の若手職員らは、普段より少し早く室外作業への避難を始めていたのだ。

他の職員の出勤はもう少し後の時間であり、これで課長が離席していたならば、課室にいるのはクソ生意気状態の一ノ瀬由奈《ゆな》のみとなる。

だが、ここまでならばまだ、なんの問題もないはずであった。

失礼な由奈《ゆな》を適当に躱《かわ》しつつ課長を待つなり、課長への伝言を頼むなりすればいいのだから。

しかし。

「中田《なかた》です。おはよう、一ノ瀬君《いちのせ》」

『中田係長、おはようございます。オンナ絡みのトラブルですか？』

練りに練ったいくつもの奸計《かんけい》は、わずか一瞬で吹き飛んだ。


「君には関係ないだろう」

とっさにシラを切ろうと足掻《あが》けた忍《しのぶ》の機転は、称賛に価する努力であった。

ただ、唯一忍に感銘を伝えられたはずの義光《よしみつ》からは、通話の状況があまり聞き取れなかったので、あっ何か忍がちょっと怖い言い方してる、ぐらいの感想しか抱けなかった。

『違うなら、否定すればいいだけの話ですよ。どうしてはぐらかすんですか？』

「……それは」

『二の句が継げないってことは、カマかけは成功してるみたいですね。忌引危篤を含む、パブリックな急用のセンはなし、と』

どうやら、評価の訂正が必要らしい。

一ノ瀬由奈は、とても優秀だ。

傍《はた》から見れば、鬱陶《うっとう》しいくらいに。

「勝手に想像するがいいさ」

『まあ、職場関係は想像できないんで、プライベートの話でしょうね』

「……」

当たっている。

『でも、今は彼女いないし、元奥さんがいるって話も聞いたことないし、忍センパイの趣味って言えば読書ぐらいですから、出会いの機会もない』

「……」

それも当たっている。

『なおかつ、昨日の残業はかなり遅くまで延びましたが、その後何事もなく庁舎を出て行き、電車に乗り、最寄り駅で降りたところまで確認しています。よって、トラブルは昨日忍センパイが帰宅中の深夜から、今日の始業前に発生したと見るのが自然です』

これも当たっているが、忍にはより気にかかる点があった。

「退庁後、君とは庁舎前で別れたはずだ。何故《なぜ》俺の足取りを知っている」

『近くで機会を窺《うかが》ってました。知らなかったんですか？』

「……」

流石《さすが》の忍も、なんの機会を窺っていたのか聞く気になれない。

『愛のないセックスに興味もないようですから、例えば何かの原因で、知らない女を保護してしまい困っている。かと言って、なんらかの理由で公的機関は任せられず、秘密裏に自分でなんとかするしかない。よってやむを得ず、急な欠勤ということで課長に直接連絡を取ろうとしたら、思いがけず私が電話に出た、というところでいかがですか、忍《しのぶ》センパイ』

「……」

——よもや俺の家に、監視カメラか盗聴器でも仕掛けられているのではあるまいか。

——そもそもこの《エルフ》自体、一ノ瀬《いちのせ》君の手引きで仕込まれたのではないか。

——ならば俺の性格を読み切り、このタイミングで彼女が電話を取った理由も説明できる。

などと思ったのか、もはや超能力に近い由奈《ゆな》の推理でヤケクソになってしまったのかは知らないが、とにかく忍は、

「お見込みのとおりだ。昨日の夜中に突然、俺の自室へ、異世界から女性型の《エルフ》が召喚されて来たようなので、対応に困っている」

「ねえ忍突然何言ってんの!?」

突然えらいことを口走り、状況をよく分かっていない義光《よしみつ》の度肝を抜いていた。

「……」

仕方なかったんだ、というニュアンスの目線を義光に向ける忍。

仕方ない状況ってどんなんだよそれ……とでも言いたげな視線を忍に向ける義光。

気持ちは分かる。

どちらの気持ちも。

だが、電話の相手は待ってくれそうもない。

『忍センパイ』

「うん？」

『確かなんですね、それ』

「……冗談に決まっているだろう」

『忍センパイが冗談なんて、それこそ冗談でしょう。まともに想像つきません』

「異世界エルフのほうが、よほど想像しやすいか」

『だって、本当なんですよね？』

「ああ」

『ほらやっぱり』

「俺の頭がおかしくなったとか、普通は思うんじゃないのか」

『忍センパイはとっくにオカシイじゃないですか』

君に言われたくはない、と言う台詞《せりふ》を、忍は辛《かろ》うじて飲み込もうとして、

「君に言われたくはない」

別に飲み込む必要もないかと思い直し、結局言ってしまった。

『それは残念でしたね。まあ、とにかく、困っていらっしゃるのは分かりました。私もこれから忍《しのぶ》センパイのお家《うち》へ遊びに行きますので、ちゃんと待っててくださいね』

忍の背筋に、走る戦慄《せんりつ》。

やきもきする義光《よしみつ》。

ぼんやりと辺りを見回す《エルフ》。

かわいい。

「一ノ瀬《いちのせ》君、ひとつ確認させてくれ」

『ええ。なんでしょう』

「君は、俺の家に来るつもりなのか」

『お見込みのとおりです。これからお邪魔しようと決めましたけど』

「何故《なぜ》だ」

『興味本位です』

「せめて俺を手助けしたいとか、真っ当なお題目にする気はないのか」

『だって、忍センパイでしょう。自力でどうにかするつもりなんだと思いまして』

「ああ、そうだよ。邪魔をしに来るなら止《や》めて貰《もら》いたい」

『邪魔だなんてそんな。興味本位とお伝えしたじゃないですか。忍センパイの慌てふためくさまを、特等席で観覧したいんです』

「君の歪《ゆが》んだ好奇心を糾弾《きゆうだん》するのは、もう諦《あきら》めるとしてもだ」

身上担当幹部としての仕事を放棄した忍だったが、どうか責めないでやって欲しい。

合理主義の化身である中田《なかた》忍は、本当にどうしようもないとき、潔く諦めを選ぶのだ。

「せめて業務時間外にしろ。仕事はどうする」

『生理休暇が溜まってますから、大丈夫です』

「ふざけるんじゃない。生理が溜まるものか」

『溜まるんですよ。男の忍センパイには分からないでしょうけど』

「今はジェンダーレスの時代だ。生理の仕組みくらい俺でも知っている」

『やめて下さい、電話口で生理生理って。セクハラで訴えられても知りませんからね』

「……」

忍の知恵の回転は確かに速い。異常なほどに。

さりとてこの一ノ瀬由奈《ゆな》も、中田忍の部下を務め上げている才媛。

後ろめたさのある忍が論戦へ臨むには、やや分の悪い相手であった。

故に忍は、いっそ開き直ることにした。

「一ノ瀬君」

『生理周期の話なら、教えられませんよ』

「生理周期はどうでもいい。せめて、こちらの要求を二つ呑《の》んでもらいたい」

『内容次第ですね。どうされました』

「ひとつ。題目はもうなんでもいいから、俺が今日欠勤することを課長に伝えてくれ。日誌も引継ぎ事項も、机上に書面で纏《まと》めてある」

遅刻欠勤早退をしたことのない中田忍《なかたしのぶ》であったが、前日の終業前には不測の事態に備え、自分がいなくても仕事が回るよう、必ず資料等一式を準備し帰宅する。

加えて——不本意ながらも——忍の右腕たる一ノ瀬由奈《いちのせゆな》が事情を汲《く》んで引き継ぐのなら、業務の面で心配する必要はもうないはずだ。

『いいですよ。こちらも野暮用がありますから、終わったらお伝えしておきます』

「悪いが、俺のほうを先にして貰《もら》えるか。課に混乱が生じる前にな」

『善処します。で、もうひとつはどんなご用件ですか？』


「俺の家に来るときは、ノーブラで頼むよ」


『……はい？』

今日初めて、いや、人生で初めて聞いたかもしれない、優秀な部下の虚を突かれた声に、忍が満足感を得たのかどうかは、定かではない。

そして傍《かたわ》らで見ていた義光《よしみつ》は、区役所ってちょっとヤバイところなんだなぁ、と密《ひそ》かに感じていた。これは定か。

《エルフ》は、テーブルの天板に興味を移したようで、いつの間にかテーブルの下に潜り込み、天板の裏側を神妙にも見える無表情で観察していた。

◇◆◇◆◇◆◇

ピン　ポーン

「はい」

『朝早くから失礼致します、中田係長。一ノ瀬です。急にお休みになられるとのお話で、ご迷惑かとは思ったのですが、課長から様子を見てくるよう申し付けられまして……』

言葉尻《じり》は丁寧だが、この女、早速課長を売っている。

ついでに言えば課長はそんな指示を下していないので、この件は完全な濡れ衣《ぬれぎぬ》である。

ただ、忍にとっては〝由奈が家に来る〟という最悪の結果だけが重要であり、その経緯については毛ほども気にしていないので、誰も傷つかずに済むのであった。

「そう構えなくてもいいだろう。中には俺と、俺の親友と、《エルフ》しかいない」

『中田係長、なんのお話ですか？』

「君の不遜《ふそん》な態度を、他所《よそ》に漏らす者はいないという意味だ。真に自らを省みて、俺への態度を改めたなら僥倖《ぎょうこう》だが、そうでないなら普段どおりにすればいい」

『あ、はい。じゃ失礼しますね』

　ガチャ
「こんにちはー」

　勝手にドアを開け靴を脱ぎ、ズカズカと室内に上がり込む一ノ瀬由奈《いちのせゆな》。

　誰にも見えないよう、小さく溜息《ためいき》をつく忍《しのぶ》。

「……!!」

　そして、新たな人類の登場に《エルフ》が反応した。

　頬《ほほ》を紅潮させ、決然と眉根《まゆね》を寄せて、両腕をぴんと伸ばして由奈の乳房に突進したのである。

「あら、この娘《こ》ですか」

「し、忍、大丈夫なの!?」

「ノーブラは手配してある。心配無用だ」

「……は?」

　困惑する義光《よしみつ》を置き去りに、忍は鋭く言い放つ。

「一ノ瀬君、迅速に頼む。自分の両乳房をこの《エルフ》に揉《も》ませつつ、自分も《エルフ》の両乳房を十秒ほど揉みしだいてくれ。どちらも服の上からではなく、直《じか》にだ」

「分かりました」

「えっ」

素直に従う由奈《ゆな》の様子を見て、再び義光《よしみつ》が困惑していた。

もみゅ　もみゅ
もみ　もみ
互いに服の隙間《すきま》を上手《うま》く使い揉《も》み合っており、辛《かろ》うじて大変な絵面《えづら》にはなっていないが。

女性同士が正面から乳房を揉み合い、衣服がほんのりと乱れ、肌色がちらちら見え隠れしている状況は、心静かに凝視していられるものではない。

しかも、《エルフ》は忍《しのぶ》が驚くほどに大きな乳房をお持ちであり、一ノ瀬《いちのせ》由奈もまた、服の上からでも分かるほど、それに勝るとも劣らない、立派な乳房をお持ちであった。

人並みの倫理観を持つ直樹《なおき》義光は、見ていられないとばかり視線を逸《そ》らし。

我らが中田《なかた》忍は、自らの責任を負うかのように、しっかりと二人を見据えている。

それを気にした風でもなく、自分の服の乱れを整えて、由奈は忍たちに向き直る。

「ノーブラ指定の理由はこれですね。納得しました」

「〝しきたり〟を履行し続けるか、推認材料が足りなかった。説明不足の非礼を詫《わ》びよう」

「あの、一ノ瀬さんでしたっけ、なんと言うかその、すみません」

「あっ、すみません、初めまして、おはようございます。私、区役所で忍センパイの部下として働かせて貰《もら》ってます、一ノ瀬由奈です」

「あっ、すみません、初めまして。おはようございます。忍の大学時代からの友人で、今はその大学に助教で勤めてます、直樹義光と申します」

「失礼しました。初めてお会いする方の前で、ひどい格好を」

「ああ、異常って認識はあるんですね。安心しました」

混乱の真《ま》っ只中《ただなか》とはいえ、初対面の人間にとんだ暴言を吐く義光である。

「まあ、忍センパイのさせることですから。何か意味があったんでしょう？」

ちら、と忍へ目線を向ける由奈。

「地球の挨拶《あいさつ》代わりとして、俺が教えた」

「……はあ」

バツの悪そうな忍が正直に話したものだから、却《かえ》って戸惑う由奈であった。

「まあ、いいや。それじゃ私も、ちゃんと挨拶させて頂きますね」

忍が口を挟む間もなく、《エルフ》の両手を握りしめる由奈。

無表情のままぴくりと身を震わせ、大人しく応じる《エルフ》。

「初めまして、私は一ノ瀬由奈って言います。忍センパイとは同じ職場で働いてて、直属の上司部下の関係です。もちろん、忍センパイが上司だけどね。忍センパイには色々お世話になってるから、何かできることがあれば協力するよ」

「……？」

《エルフ》は首をかしげた。

犬が首をかしげる仕草は、首を傾けて音を聞き直し意味を理解しようとしているのだ、という仮説を思い出しながら、一応のフォローを入れる忍《しのぶ》。

「一ノ瀬《いちのせ》君、気を悪くしないでくれ。《エルフ》は恐らく、日本語を理解していない」

「そんなの、忍センパイの想像じゃないですか。伝わってるか否《いな》かはともかく、私は私なりの方法で、一番いいと思うコミュニケーション方法を試したんです」

「理解されない言葉に、なんの意味がある」

「日本語が理解できなくても、私が何かを伝えようとしている、ってことは、理解してくれるかもしれません。忍センパイが、どうして私に彼女のおっぱいを揉《も》ませたのかは分かりませんけど、それもそういう努力の結果なんじゃないんですか？」

「ふむ」

意味だけなら強い言葉に聞こえるが、そのニュアンスに反発は含まれていない。

一ノ瀬由奈《ゆな》は、この未確認生物たる《エルフ》とのコンタクトについて、存外真剣に考えている様子だった。

「すまなかった、一ノ瀬君」

「はい？」

「君が来ると聞いたときには、正直とても迷惑だと思ったが、今までの俺たちにはなかったモノの見方をもたらしてくれた。ありがとう」

もう少しマシな言い方はできないのかなと義光《よしみつ》は思ったが、忍に指摘してもどうせ直らないので口には出さない。

一方、由奈はといえば。

「どういたしまして。ところでもう、ブラは付けてもいいんですよね?」

気にするどころか、むしろ誇らしげに微笑《ほほえ》むのであった。

やはりこの娘も、どこか変わっている。

◆◇◆◇◆◇

「俺は中田《なかた》忍。六月三十日生まれ、血液型はAB型。今年で三十二歳になった人類のオスだ。先月行われた健康診断で身長は182センチ、体重は72キロ、血圧は上が118、下が73と測定されており、特段の持病はない。そちらの世界でどう言うのかは知らんが、国家という共同体を構成する地方自治体の下部組織、区役所で福祉生活課支援第一係長職を拝命している。趣味は読書、運動能力は年齢平均程度。食の好みは特になし、概《おおむ》ねなんでも口にはできる。酒は付き合い程度、煙草とギャンブルはしない。独身で、貯金額は」

「ちょっと忍センパイ、真面目《まじめ》にやらないでくださいよ」

「ふむ」

真面目《まじめ》にやらないでくださいよって何、と義光《よしみつ》は思ったが、全く同意なので流す。

忍《しのぶ》たちは《エルフ》をお誕生日席に座らせ、テーブル越しに向かい合っていた。

《エルフ》は新しい人間を警戒しているのか、いや多分違って、新しいことが始まる気配を察したのか、出してやったオレンジジュースに手も付けず、神妙な表情で様子を窺《うかが》っていた。

「必要な事柄を順に話しているだけだ。変に真面目にするつもりなどない」

「じゃあ面白味が皆無って言い換えてあげます。合コンとか経験ないんですか？」

「なくはないが、人類のオスだの国家共同体だの以外は、大体この順番で話をしている」

「あー、まあ、そういうの好きな層もいるのかぁ。面倒臭いなぁ……」

「すまない一ノ瀬《いちのせ》君。俺はどのような話をすればいい」

「んー、もういいんじゃないですかそれで。この子は多分忍センパイの貯金額を聞いても、その凄《すご》さが分からないとは思いますケド」

「《エルフ》には、貨幣価値の概念が存在しない可能性もあるからな。道理だ」

「……何なんでしょう、ほんと。忍センパイの言うことって理屈では正しいのに、ことごとく社会には適合してないんですよね。わざとですか」

「君のように上手《うま》くやってみたいとは思うんだが、なかなか難しい」

「あっ、それなんだか皮肉っぽいですよ。パワハラで訴えましょうか」

「すればいいさ。君の本性が世間に露呈するし、君は生理休暇中なんだろう。業務外の話で、どこまで公判を維持できるかな」

「忍センパイの意地悪。市民から謂《いわ》れなきクレーム貰《もら》って民事沙汰《ざた》になっちゃえ」

「気に入らんなら、帰ってくれて構わんぞ……ああ、すまん義光。お前の番だったな」

「あ、ああ、ええと」

義光は、本気の迷惑行為とも痴話喧嘩《ちわげんか》ともつかない、じゃれ合いじみた何かを見せつけられ、もう僕じゃなくてこの娘に液体窒素頼めば良かったんじゃないかな、とか考えていたかどうかは定かではないが、ぼーっとしていたところに急に話を振られたので、とにかく混乱した。

そして先程の忍の自己紹介は、変に真面目くさっていたものの、少なくとも無駄がなかったことは事実で、あれがイマイチ評判良くないのなら僕は何から話し始めればいいのだろう、などと考えてしまい、義光の混乱はますます悪化する。

「な、直樹《なおき》義光です。忍とは大学からの付き合いで、僕はその大学に助教で残って、日本の野生動物の研究とかやってます。あとは、えーと、えーと……」

「義光は俺の親友で、他人の気持ちをよく理解して、物事を道理立てて考えられる優秀な奴《やつ》だ。余分なことは外に漏らさないし、必要ならばなんでも協力してくれる。俺のような偏屈にも隔てなく接する、信頼できる男だ」

「……忍」

フォローして貰《もら》ったことよりも、偏屈って自覚があるならもう少しなんとかならないのかな、という感想が先に立つ義光《よしみつ》である。

「まあ、忍《しのぶ》センパイの親友やれる方ですからね。そうでもなきゃ務まらないとは思いますけど」

「自分の長所を自分から話すほど、傲慢《ごうまん》な奴《やつ》でもない。こういうタイプは、周りが評価してやらなくてはダメだ」

「でも自己紹介なんですから、自分でさせてあげたほうが良くありませんか」

「それもそうか。すまん義光、口を挟んでしまった」

「あ、いや、特に話したいこともなかったし、むしろその、ありがとう、というか」

「ほらー。忍センパイが勝手に話進めるから」

「すまん」

「あぁー……それより、《エルフ》ちゃんは話に付いて来れてるのかな」

「む」

「あー」

そう言えば《エルフ》の為《ため》の自己紹介だったなあと思い出し。

三者三様、《エルフ》に目を向けたところで、気が付いた。

「――」

《エルフ》の口が、開いている。

まるで何かを話し、伝えようとしているかのように。

示し合わせたわけでもないのに、三人が言葉を止め、《エルフ》の動向を見守る。

その様子に気が付いた《エルフ》であったが、動きを止めようとはしない。

そして、次の瞬間。


「――ボベャルカッアッツロヌ」


《エルフ》が、初めて喋《しゃべ》った。

喋ったのだが。

「ボベャルカッアッツロヌ」

ボベャルカッアッツロヌと言っていた。

誰も口に出さないのは、ちゃんと発音できる自信がないからであろう。

「ボベャルカッアッツロヌ」

「ボベャルカッアッツロヌ」

「……ボベャルカッアッツロヌ」

《エルフ》は壊れかけのレディオのように、同じ単語を繰り返し発し続けている。
だが、段々とその語調は、弱まっているようにも感じられる。

直樹義光《なおきよしみつ》は、動かなかった。
忍《しのぶ》がなんとかするだろうと、勝手に期待していたから。
一ノ瀬由奈《いちのせゆな》は、動く気がなかった。
忍がなんとかするだろうと、勝手に期待していたから。
そして、当の忍はと言えば。

——ボベャルカッアッツロヌとは、なんだ。

頼まれなくとも、その知恵を高速で回転させ始めていた。

ボベャルカッアッツロヌ。
Ｂｏｖｅｘｙａｒｕｋａｘｔｕａｘｔｕｔｓｕｒｏｎｕ。
異世界の言語であろうその響きについて、忍は理解する術《すべ》を持たなかった。
ただ、今まで口を開かなかった《エルフ》が言うのだから、意味ある言葉なのだろう。

――言葉。

――今、俺は言葉と思ったか。

人類の繁栄に寄与した、重要な文化のひとつとして〝言葉〟が挙げられる。

互いの意思を疎通させ、方向性を統一させる、優れた概念。

乳房と同調行動の件からも、《エルフ》の生態はヒトと遠くない位置にあるはずだ。

この《エルフ》が、前評判どおり魔法を使うのかはともかく、忍たちと同等、あるいはそれ以上の知性を有している可能性は、既に忍も認めている。

だとすれば《エルフ》が発したこの音も、なんらかの言葉である可能性は低くないだろう。

とはいえ、この地球上ですら無数の言語が存在し、例えばラテン語とスワヒリ語では意思疎通などできない。

由奈はあえてその問題を度外視し、感情と雰囲気だけで意思を伝えてみたわけだが。

翻《ひるがえ》ってみれば、言葉の分からない者同士が無理矢理コミュニケーションを取るなら、そのように強引な手段を選ぶしかないのではないか。

ならば《エルフ》もまた、忍たちと同じことを考えた可能性がある。

即ち、自分にできる、自分なりの形においての自己紹介を。

「《ボベャルカッアッツロヌ》は名前で、《エルフ》は自己紹介をしたんじゃないか」

「あり得る」

「あり得《え》ると思います」

忍《しのぶ》が呟いた刹那《せつな》、異口同音に二人が同意する。

「あり得《え》るよな」

強い手応《ごた》えを感じた忍は、ゆっくりと《エルフ》に正対した。

「……？」

《エルフ》は言葉を止め、心の内をのぞき込むように、真っ直《ます》ぐに忍を見据える。

忍はゆっくりと、自らの胸元に右手を添えて。

「し、の、ぶ」

《エルフ》が理解できるように、ゆっくり、はっきりと、自らの名前を呟いた。

「……」

《エルフ》は無表情のまま、語り掛ける忍の目を、じっと見つめている。

「し、の、ぶ」

「……」

忍はできる限りの優しさを込め、繰り返し、自らの名前を《エルフ》に語り掛ける。

「し、の、ぶ」

「……」

義光《よしみつ》も由奈《ゆな》も、一言も発さず、忍と《エルフ》の様子を見守っていた。

「し、の、ぶ」

「……ヂ」

わずかな反応。

そこであえて、忍は言葉を止める。

《エルフ》の返してくれた言葉を、受け止めるために。

「……ヂ、ゴ、グ」

「……」

焦ってはいけない。

忍は、もう少しだけ踏み出して、《エルフ》の意思を支えてやる。

「……し」

「……チ」

「し」

「シ」

「し、の、ぶ」

「シ、ノ、ブ」

視界の端で、由奈《ゆな》がテーブルに手を突いて満面の笑みを作っていた。

義光《よしみつ》は感無量といった様子で、《エルフ》から顔を背《そむ》け俯《うつむ》いている。

単に眠いだけかもしれない。

「しのぶ」

「シノブ、シノブ、シノブ！！！」

表情にこそ変化は見えないが、興奮した様子の《エルフ》が、忍《しのぶ》の両胸を揉《も》みにかかる。

多分、出会いの乳揉みについて、極上の喜びの表現とでも理解したのだろう。

そういう感じになるのかと、忍は《エルフ》の手を取りつつ、自らの軽率な行動を反省した。

「ゆな、ゆな、ゆな、ゆな!!」

余分な単語を混ぜないようにと考えたのか、単に興奮しているだけかは分からないが、由奈が名前を連呼しながら近寄ってくる。

《エルフ》は若干怯《おび》えたが、すぐに立ち直った様子で。

「ユナ！！！」

「……よ、し、み、つ」

二文字の名前は発音しやすかったらしい。

「……ヨ、シ、ミ、ツ」

「よしみつ」

「ヨシミツ－！！！」

要領を掴《つか》んだらしく、嬉《うれ》しそうな雰囲気を漂わせている。

かわいい。


ともあれ、劇的な進歩である。

遭遇からすでに十二時間以上を経過していたところ、出自も生態も全く不明な異世界エルフと、初めて言語的コミュニケーションに成功したのだ。

この事実は、週明けまでに《エルフ》へ留守番を覚えさせたい忍たち、いや忍にとって、あまりにも大きな一歩であった。

「だけど、大きな問題がひとつ残ってるよ」

「うん？」

「《エルフ》ちゃんの名前、僕発音できないんだけど。っていうかそもそも、覚えてない」

「ボビャルなんとかですよね」

「ボベャルカッアッツロヌだ」

「ほんとに合ってる？　適当に言われてても指摘できる自信ないよ」

「馬鹿《ばか》を言うな。真剣に聞いて覚えた」

「他人の言動をＩＣレコーダーみたいに覚えてて、一番言われたくないときにリピートするの

が忍《しのぶ》センパイの手口ですもんね。ＩｏＴテロみたいな人間っていうか、人間みたいなＩｏＴテ
ロっていうか、自律式拷問器具っていうか」
ちなみにＩｏＴテロとは、平たく言えば〝インターネット接続できるモノをネット経由で暴走させるテロ〟のことであり、ネットどころかモノも介さず暴走可能な中田《なかた》忍は、テロよりよっぽどタチの悪い存在なのであった。

「君が俺をどう評価しようと自由だが、今はボベャルカッアッツロヌを検討しよう」

「私は知りませんよ。忍センパイがそうだと覚えているなら、そうなんですよね？」

「……ボベャルカッアッツロヌだよな、義光《よしみつ》」

「うん、えーと……多分」


昔から努力と鍛錬を重ね、物事を観察し記憶する力を磨いてきた忍だが、こうもオーディエンスの反応が悪いと、さすがに心がぐらつくらしい。

忍はちらりと《エルフ》に視線を向けて、

「ボベャルカッアッツロヌ」

「……」


何故《なぜ》か《エルフ》までイマイチな反応である。

「一言一句間違わず、覚えたつもりだったんだが。アキュート・アクセントを用いるような、日本語にない特殊な発音を含むのだろうか」

「なんですか、それ」

「英語を学ぶ際、aとeがくっついているような発音記号を見たことはないか。あんな具合だ」

「最初からそう言って下さいよ。そんなんだから忍センパイには部下が付いて来ないんです」

「君は付いてくるじゃないか。俺がどれだけ嫌《いや》がっても」

「忍センパイに質問すれば、大抵は身になることを教えて頂けますし、業務中の判断は素早くて正確です。余分な豆知識とお説教は聞き流せばいいだけですから、色々と私にとって都合がいいんですよね。あとは、忍センパイの嫌がる顔見るの、すっごく楽しいので」

　あんまりである。

「……ねえ忍、彼女本当に大丈夫なの？」

　一応由奈《ゆな》には聞こえないよう、義光がこっそり忍に囁《ささや》く。

「信じ難《がた》いかもしれんが、俺以外の人間には物凄《すご》く愛想がいいし、皆に好かれている」

「じゃあ逆に、何やって嫌われたのさ」

「心当たりは一切ないんだが、俺がどれだけ拒絶しても纏《まと》わりついてくるし、大抵俺の嫌がることをやって楽しそうにしている」

「……好かれてるの？」

「そう見えるか」

「あんまり」

「……」

忍《しのぶ》の見えない嘆息と、義光《よしみつ》のふわっとした表情を気にした様子もなく、由奈《ゆな》は《エルフ》へのアタックを続けていた。

「ボギャ、ボビュア、あ、ボバ。うーん。ノビャルパアッツソヌ」

「……それは違うんじゃない？」

「じゃあ義光サン、言ってみてくださいよ」

「ボヒャ……なんだっけ」

「……」

光明が見えたのもつかの間、事態は再び混迷の一途を辿《たど》る。

どうにか自己紹介を交し合えた様子なのに、こちらは相手の名前をちゃんと発音できない。

というか、忍がきちんと覚えていたはずの名前に、反応すら見せないのだ。

「記憶違いの可能性も否定できん。もう一回、《エルフ》から名前を教えて貰《もら》おう」

「そんなこと、できるんですか？」

「おそらくはな。同調行動の応用だ」

言って、忍は椅子《いす》の上に立ち上がり。

「しのぶ！」

叫んで、また座る。

「どうしたんですか忍センパイ。頭もっとおかしくなっちゃったんですか」

「いいから、同じことをやってくれ」

「はい」

そして、椅子の上に立ち上がる由奈。

バランスを取ろうとぷるぷるしている様子を見て、忍は
――別に、椅子の上に立つ必要はなかったか。

と思ったかもしれないが、定かではない。

ともかく由奈は、なんとか椅子の上に立ち上がり。

「ゆ！！！　な！！！！」

叫んで、座る。

「よしみつっ！」

義光も椅子の上で叫んでから座り、《エルフ》のほうを見つめる。

当然、《エルフ》もまた、椅子の上に立ち上がった。

「うむ」

満足げに頷《うなず》く忍。

「うむじゃないですよ。また変なしきたり覚えさせちゃったじゃないですか」

「言葉が通じるようになった際、まとめて謝るつもりだ」

「そうしてください」

そして、《エルフ》が、両腕を元気に広げて叫ぶ。


「ア・リ・エ・ル!!」


「……」

「……」

「……」

「……♪」

無表情のまま、どことなく満足げな様子で椅子《いす》に座り直す《エルフ》。

しかし忍《しのぶ》たちは、その意味を測りかねていた。

「今、〝アリエル〟と叫んだように聞こえたが」

「僕もアリエルって聞こえたけど」

「アリエルだと思います」

「ボベャルカッアッツロヌではないのか」

「うーん……」

やや悩みながら、由奈《ゆな》が忍のことを指さす。

「しのぶ」

続いて、義光《よしみつ》。

「よしみつ」

自分自身。

「ゆな」

《エルフ》を指して。

「ボビャンカンツロヌ」

《エルフ》は不満げにすら取れる無反応。

「ありえる」

《エルフ》が由奈《ゆな》の目を見て、中腰に立ち上がった。

「間違いありません。アリエルです」

「ええ……」

困惑に囚《とら》われる義光を尻目《しりめ》に、忍《しのぶ》は再び知恵を回転させる。

「アリエルという名前が何処《どこ》から来たのか、検討する必要があるだろう」

「うーん……私が来る前に、この子をアリエルって呼んでたとかは」

「いや、一貫して〝《エルフ》〟か〝《エルフ》ちゃん〟だったよ。忍、僕が来る前は？」

「《エルフ》は気を失っていたし、《エルフ》が一人しかいない以上《エルフ》と認識すれば事足りていたからな。呼んでいないはずだ」

「でもアリエルって呼ばれたとき、嬉《うれ》しそうでしたよね」

「だが、今までの推論が確かなら、名前はボベャルカッアッツロヌのはずだ。この短時間のうちに、何故《なぜ》変遷した」

「うーん……あ、ごめん、大丈夫だからね、別に怖い話をしてるわけじゃないからね」

やや不穏な空気を感じ取った様子の《エルフ》に微笑《ほほえ》みかけてやる由奈。

《エルフ》はそれで安心したのか、無表情に由奈を見つめ、前後左右に揺れ始めた。

「……って、ちょっと待って」

「どうした」

「忍は変遷した、って言ったけど、ふつう自分の名前って、簡単には変遷しないよね」

「考えられるとしたら、愛称とか、あだ名とかですか?」

「ジェニファーの愛称がジェニーなら分かるが、ボベャルカッアッツロヌとアリエルの間には、いまいち相関性が感じられない。良くてあだ名の線じゃないか」

「だとしたら、あだ名を付けたのは誰、ってことになるよね」

「この短時間、今の状況じゃ、私たち以外に対象はいないはずですよね」

「うーん、でもさっきも言ったけど、今まで名前を付けるような話には……」

議論が堂々巡りとなりかけたところで。

「……いや、ちょっと待て」

忍《しのぶ》が頭を抱《かか》えながら、確信めいた口調で呟く。

義光《よしみつ》も由奈《ゆな》も、そして《エルフ》までもがこの場のルールをなんとなく理解した様子で、忍に向けて耳を傾け、静かに次の言葉を待つ。

《エルフ》は俺たちの反応がないことに、不安を感じている様子だった。俺たちは《エルフ》の行動の意味を測りかねていたし、発音も難しかったために反応が遅れたが、それは《エルフ》にとって与《あずか》り知らんことだろう」

「……そこは、僕もそう思う」

「私もです」

「では、その線で続けるぞ。《エルフ》が不安を抱えつつ自己紹介を続ける中、俺が《エルフ》の言葉は自己紹介かもしれない、と言ったとき、義光と一ノ瀬《いちのせ》君はなんと答えた？」

「あり得《え》る……って言ったかな？」

「……あり得《え》ると思います、って言いました」

「俺はそれに、あり得《え》るよな、と答えた」

忍は話しながら、手元のノートにペンで書き込みを加える。

《エルフ》：「ボベャルカッアッツロヌ」
《エルフ》：「ボベャルカッアッツロヌ」
三人：（無反応）
《エルフ》：「……ボベャルカッアッツロヌ」
忍：「《ボベャルカッアッツロヌ》は名前で、《エルフ》は自己紹介をしたんじゃないか」
義光：「あり得《え》る」
一ノ瀬：「あり得《え》ると思います」
忍：「あり得《え》るよな」

「これを、日本語が理解できない《エルフ》の視点に翻訳してみよう。《エルフ》が理解していないであろう部分は●で表現する」

《エルフ》：『ボベャルカッアッツロヌ』
《エルフ》：『ボベャルカッアッツロヌ』
三人：（無反応）

《エルフ》:『……ボベャルカッアッツロヌ』
忍《しのぶ》:『ボベャルカッアッツロヌ●●●●●●●』
義光《よしみつ》:『アリエル』
一ノ瀬《いちのせ》:『アリエル●●●●●●』
忍:『アリエル●●』

「《エルフ》は自分の名前〝ボベャルカッアッツロヌ〟について、俺たちの理解が進んでいるか判断できず、不安を感じていた。その状態から、この場にいる三人がそれぞれ、〝ボベャルカッアッツロヌ〟の直後に〝ありえる〟の発音を当ててしまったんじゃないか」

「……」

「……」

義光と由奈《ゆな》が絶句する。

「よって、《エルフ》が〝ボベャルカッアッツロヌ〟について、この世界では〝アリエル〟を意味する単語と想像した可能性、または俺たち三人が〝ボベャルカッアッツロヌ〟を〝アリエル〟と表現するよう合議したと想像した可能性を提言する」

「……忍って、ほんと凄《すご》いよね」

「頭の中が異世界ですよね」

「それは、褒められていると受け取ってもいいのか」

「大人なんですから、自分で考えてください。ねえ、アリエル」

「シノブ、アリエル」

我が意を得たりとばかり、発音できる単語をとりあえず喋《しゃべ》った感じの《エルフ》である。

「誤解なら、あまりその名前で呼ばないほうがいいかもね。例によって訂正が大変だよ」

「いいじゃないですか、ボヒャルなんとか、イコール、アリエルってことで」

「そうだな」

「そんな、忍まで」

普段から決まり事やしきたりにうるさい、いやうるさいどころではない、自分ルールの妖怪《ようかい》のような忍のらしくない意見に、戸惑う義光。

「確かに、本当の名前が存在するなら、その名で呼んでやるべきなのだろう。だが、俺が正しく聞き取れていなかった可能性もあるし、〝ボベャルカッアッツロヌ〟が正しく発音できているかも、確認のしようがない」

「あぁー」

道理である。

正しい名前でのコミュニケーションは確かに大切だが、表現に拘《こだわ》ってコミュニケーションが阻害されるのでは、本末転倒であろう。

先《ま》ず以《もっ》て本人が納得している様子なのであれば、使いづらい、合っているかも怪しい本名らしきものを名乗らせる必要はないだろう、と忍《しのぶ》は言っているのだ。

「アリエル」

「……ユナ」

由奈《ゆな》の呼びかけに、おずおずと答える《エルフ》。

「私はゆな。貴女《あなた》はありえる」

「アリエル。ユナ」

「ありえる」

「ユナ」

「アリエル!!」

「ユナ!!」

きゃっきゃと楽しそうに、由奈と《エルフ》が互いの乳房を揉《も》み合っている。

「……僕が言うのもなんだけどさ。忍はああいう様子を見て、何か思ったりしないの?」

二人はとても楽しそうで、今回は服の上からの乳揉みだが、けっこう激しく揉み合っているものだから若干着衣が乱れている。

ちょっとお腹が見えている程度の由奈は、まだいいとしても。

レースカーテンのように薄い、ゆったりふわりとした布を纏《まと》っている《エルフ》は、若干淫《みだ》らな印象を受けるくらい、ちょっとえっちな状況であった。

しかし、中田《なかた》忍は目を逸《そ》らす様子もなく、覚悟の構えで凛《りん》と立つ。

「今後異世界エルフ、いやアリエルの面倒を見ていく上で、コミュニケーションの確立は喫緊《きっきん》の課題と言える。貴重な成功例の顚末《てんまつ》を、俺は俺の責任において見届けねばならん」

「はあ」

義光《よしみつ》はなんだか、自分がひどく不謹慎で恥ずかしい存在であるような気分になり、それ以上忍に突っ込めず、ふと昨日の夜から何も食べていないことを思い出し、軽く胃が痛くなった。

仕方あるまい。

忍の親友だけあって、直樹《なおき》義光は辛抱強い男であるが、普通の人間と同じように腹が減る。むしろ普通の人間より消化の早い健啖家《けんたんか》であり、空腹だけはどうにも我慢できないのだ。

「……それはさておき、ひと段落ついたところで、僕たちも何か食べよう」

「ああ、そういえば義光は、食事を摂《と》らないと胃が痛くなるタチだったな」

「そんなこと、覚えててくれたんだ」

「サークルの作業明けに、よく飯を作ってくれたのが印象深くてな。料理の必要に迫られた際はあのジャーマンポテトを試しているが、なかなかうまくいかない」

「え、義光サンってお料理上手なんですか」

いつの間にやら交歓を終え、由奈《ゆな》が席まで戻って来ていた。

《エルフ》、もといアリエルと名付けられた異世界エルフは、一通り騒いで疲れたのか、自分の席に戻り、残っていたオレンジジュースをちびちび口から飲んでいた。

「大したことないよ。僕ぐらいしか料理する人間がいなかっただけでさ」

「そうは言うが、義光《よしみつ》が飯を作るときは、誰もコンビニで食事を買おうとしなかったぞ」

「そうだったっけ」

「そんなに美味《おい》しいなら、私も食べてみたくなっちゃいますね」

「あー、別に作るのはいいんだけど……」

義光がちら、と忍《しのぶ》の顔色を窺《うかが》うと、やっぱり忍は難しい表情をしていた。

さっき棚上げした問題を、さっきより疲れた今になって解決せねばならないことに気付いたかのような表情である。

まるで経緯を見てきた上に心の中を覗《のぞ》いたんじゃないかとでも言われそうな表現で申し訳ないが、実際そうなのだから仕方がない。

「どうしたんですか忍センパイ。また面倒臭そうなことを言い出しそうな顔してますよ」

「やむを得まい。それとも君が代わりに言ってくれるのか」

「まさか。そういうのは忍センパイにお任せします」

「……アリエルは、一体何を食べるのだろうか」

「なんだろね、ほんと」

「何って……あー、うーん」

由奈は頭の回転が速い上に、察しも良く順応性も高い。

忍と義光が頭を悩ませている段階までの試行錯誤は、早くも済ませた様子であった。

「何か、食べそうな物に関する情報は出てるんですか？」

「少なくとも、水分は必要とするようだ。アリエルは経口摂取に加え、指先からも水分を吸収する事実を確認した。固形物を食べるかはまだ分からん」

「はあ。だからジュースなんですか」

「今のところはね。やっぱり、液体肥料とかを用意したほうがいいのかな」

「えー。口からジュースを飲むんだから、人間の食べ物のほうがいいんじゃないですか」

「遺憾ではあるが、俺は一ノ瀬《いちのせ》君に賛成しておこう」

「なんですかそれ。帰りますよ？」

「帰ってくれるのか？」

「いえ」

「……そうか」

どうでもいい揺さぶりをかけて、存分に反応を楽しむ由奈《ゆな》であった。

「つまんないこと言ってないで、どうして私に賛成したのか教えてくださいよ」

ちっともつまらなくはないと思ったものの、どれだけ反論しようが無意味だと悟っている忍《しのぶ》は、諦《あきら》めて説明を始めた。

「口からジュースを飲んだこともそうだが、地球の常識に照らし考えれば、自然に存在する水や栄養に富んだ液体を摂取するだけでは、生命活動に必要なカロリーを確保できない」

「エルフは寿命が長いって言うし、代謝が少ないから必要カロリーも少ないんじゃないかな。〝葉白素〟が存在する仮説を取り入れれば、あるいは」

「さっきその話をしたときに考えたんだが、仮にアリエルが光合成を行っているとしたら、服を着ている理由が説明できない」

「服を着てるのは羞恥心《しゅうちしん》があるからです。おっぱい揉《も》んだときに分かりませんでした？」

「それは逆だろう。普段から服を着ていなければ、服がないときの羞恥心など生まれるべくもない。服を着ているからこそ、服を脱がされたときに羞恥するんだ」

「忍センパイやらしい。女性の前で脱がす脱がすって、羞恥心とかないんですか」

「……あるよ。服を着ているからな」

忍が投げやりな態度なのは、説明を遮《さえぎ》られ不機嫌になったのか、反論が面倒なのか。

どちらにしろ、由奈は全く気にしていない様子である。

「話を戻すけど、光合成のエネルギー変換効率を考えるなら、普通に服を着てるのは不自然だね。せめてもっとこう……露出を広げてもいいはずだ」

「加えて、味のあるジュースを楽しんでいる半面、日向《ひなた》に行きたがる様子もない。植物に近い生態と断定するには、材料が足りないように感じた」

「それならどうして、わざわざ指から水分を摂取するように進化したんだろ？」

「ちょっといいですか、忍センパイ、義光《よしみつ》サン」

「どうした、一ノ瀬《いちのせ》君」

「えっとですね、私が見たところ、アリエルの口には歯が生えています」

見ればちょうど、アリエルがジュースを飲み終わり、ぷはーと口を開いているところで、確かに白い歯が覗《のぞ》いていた。

かわいい。

「あ、そっか。歯が生えているなら、少なくとも固形物を食べる機会、習慣があるのかも？」

「……ならばひとつ、試してみるか」

「何か始めるおつもりですか？」

「あぁー」

「……？」

何か忍が面倒事を始めるのだと察した二人と、察せない一人の反応は対照的だった。

「可食性テストだ。粘膜等に食材を触れさせ、身体《からだ》から拒否反応が出ないかどうか確認する」

「ちょっと心配だけど、出たとこ勝負で食べさせるよりはずっといいね」

「忍《しのぶ》センパイから生み出されたアイデアの割には、結構まともじゃないですか」

「……お褒めに与《あずか》り、光栄だよ」

部下からお褒めの言葉を賜り、ちっとも光栄そうではない中田《なかた》係長であった。

「それで、具体的には何をするの？　僕たちに手伝えることはあるかな」

「ああ。同調行動を利用したいので、皆にも付き合って貰《もら》いたい」

「内容次第ですかね。聞いてあげますから、説明してください」

「まずは食材を1センチ角に切って、ひじの裏に乗せ十五分待つ」

「ちょっと汚いですね」

「皮膚に変化がなければ、次は唇に三分接触させる」

「……まあ、粘膜の変化は確認したいですよね」

「変化がなければ、今度は舌の上に乗せ十五分。何もなければ食べていい」

「帰ってもいいですか？」

「帰ってくれるのか」

「帰りませんけど。その次は一時間後に胃の中身を吐かせて、変化を確認するんですか？」

「？　どうしてそんな真似《まね》を」

「皮肉ですよ」

「ま、まあまあ。それで次はどうするの？」

「うむ。八時間様子を見て、何もなければ倍量の食材を食べさせる。そこから何もなければ、少なくともその食材はアリエルに害を及ぼさないものだと判明する」

「ほとんど丸一日かけてそれですか」

「仕方がないだろう。確認を怠れば、アリエルにどのような影響が出るか分からない」

「それはそうですけど。さすがに何度もやらせるのは難しいんじゃないですか？」

「……」

由奈《ゆな》の意見にも一理ある。

行動の意味と必要性を理解している義光《よしみつ》と由奈ですら、話だけでげんなりしているのだ。これを食材ごとに、言葉の通じない相手へ強制するのは、現実的なプランではないだろう。

「サプリがいいのかなぁ。満足感はないけど、アレルゲンに対する心配は減らせると思う」

「直接スーパーに連れてっちゃうとか。自分で選ばせたほうが、確実で安全だと思います」

「どうかな。例えばこっちの野菜なんかは、品種改良を重ねに重ねた、半ば人工的な食べ物だから。異世界のものとは違うかも」

「見た目が同じでも、中身が違う可能性、ですか……」

「……」

しばし、思案顔の忍《しのぶ》。

「どしたの、忍」

「……」

「……忍センパイ？」

「……」

「シ、ノ、ブ」

「……」

重ねられた気遣いにより警戒心が薄れたのか、いや元々警戒なんてしている様子はなかったのだが、アリエルはいそいそと立ち上がり、やや馴《な》れ馴《な》れしいくらいの様子で忍に近づき、じっとその表情を覗《のぞ》き込む。

「シノブ」

「……よし、分かった」

忍の声に、アリエルの目が見開かれる。

「シノブー」

そして、うっすら嬉《うれ》しそうな表情を浮かべ、珍妙なステップで忍の周りをうろつく。

まるで、忍が思案顔から解放されたことを、喜んでいるかのような様子であった。

「良かったね、アリエル」

「……どういうこと？」

「深い意味はありませんよ」

「……そっか」

義光《よしみつ》が何を問いたかったのか、由奈《ゆな》が何を答えなかったのか。

果たして忍には、もちろんアリエルにも、理解できようはずがなかった。

◇◆◇◆◇◆◇

「そして、出来上がったのがこちらです」

「わぁ、美味《おい》しそうなカレー」

時間は、ちょうどお昼時。

中田《なかた》家のダイニングテーブルには、由奈が材料を買い出しに行き、忍がシェフ義光に依頼した、四人分のカレーライスが並んでいた。

アリエルが絶対的菜食主義者である可能性を警戒し、あえて肉抜きで仕上げてもらった。

その代わり、僅《わず》かな煮込み時間でも十分に味わいを引き出せるよう、野菜は摺《す》りおろし。

しっかりコクを出すため、レンジを使い即席で作った玉ねぎのチャツネが下味を支える。

そしてライスはお水少なめにパラリと炊き上げた、カレー特化仕様の銀シャリ。

十人いれば八人は喜ぶであろう、シンプルな中に奥深さを孕《はら》む、至高のカレーライスである。

「アリエルちゃん、これが地球のカレーだよ。お気に召すといいんだけど」

「……」

アリエルがいつになく真剣な眼差《まなざ》しで、鼻をゆっくりヒクヒクと動かしていた。

「全部用意させといてアレですけど、どうしていきなりカレーなんですか?」

「エルフと言えばカレーだ。そんな本を読んだこともある。間違いない」

訳の分からないことを口にしつつ、義光《よしみつ》に少し遅れてキッチンから登場した忍《しのぶ》は、普段どおりに仏頂面《ぶっちょうづら》のまま、フライパンとフライ返しを携えていた。

「忍センパイも、結構料理なさるんですね」

「滅多にやらんが、流石《さすが》に具材が寂しいからな。ひとつレシピを調べ、挑戦した」

言って、フライパンからきつね色の物体をすくい上げ、不慣れな手つきで皿に取り分ける。

「……ホオォォォォォォ」

異世界エルフ《アリエル》が、どこからか怪音を響かせていた。

「これは……豆腐ですか」

「ああ。小麦粉を打って、揚げ焼きにしたものだ」

「小麦や油はルーにも入ってるから仕方ないとして、大豆だってアレルギー食材でしたよね。余分なリスクを増やすようですが、大丈夫なんでしょうか」

「何しろ、異世界エルフだからな。この世界のどんな食材を口にしても、リスクを孕む事実は否《いな》めない。だったらせめて、原因の特定を行いやすい、単一に近い加工食品から食べさせてみる選択も、長期的に見れば有益だと考えた」

「うーん、仰《おつしや》るとおりではあると思うんですが。もう一声」

「たまたま冷蔵庫にあったし、賞味期限も切れかけていた」

「そうですか」

これ以上の追及を放棄し、一ノ瀬由奈《いちのせゆな》は微笑《ほほえ》んだ。

仕方あるまい。

彼女は忍を好きなように働かせ、遠くで眺める時間を何より愛する、忍放任主義者なのだ。

「野営中に得体の知れない肉を食べる場合でも、カレー粉をかければ安心だと聞くが」

「カレー味にしちゃえば、なんでもある程度食べられるってだけじゃないですか?」

「……一ノ瀬さん、その辺にしておこう。多分アリエルちゃんがもうもたない」

アリエルは表情こそ淡泊で、いつもどおりの無表情だったが、小刻みに身体《からだ》を震わせ、その瞬間を待っているように見えた。

「ああ、早速頂くとしよう。皆、スプーンをアリエルに見えるよう掲げ持ってくれ」

もはや二人は文句も言わず従い、アリエルも追従する。

四本のスプーンが、ダイニングテーブルの頂点で重なり合う。

「いただきます」

「いただきます」

「いただきます」

「……シノブ、アリエル」

とりあえず言えることを言った感じのアリエルを尻目《しりめ》に、忍《しのぶ》がカレーを掬《すく》い食べる。

義光《よしみつ》と由奈《ゆな》も追従し、アリエルは一瞬皿ごと抱《かか》え上げ、いざカレー攻略にかからんとしたものの、三人の様子をちらと窺《うかが》い、スプーンを使ってカレーを口に運び始めた。

スプーンを掲げる奇行は、食事の作法を教えるために必要な通過点だったのである。

他にもっとマシなやり方はあるのだろうが、世の中の誰もが常に、目の前の現象に対するベストな対処方法を思い付けるとは限らない。

安全な所から事態を傍観している者に、今現在異世界存在と相対し、必死にその場で最善手を模索し続ける忍たちの判断を嘲笑《あざわら》うことが、果たして許されるものであろうか。

「……ホォォォォォォォォォォォォウ」

カレーを口にし、異音を発する異世界エルフ《アリエル》。

意欲的にスプーンを皿に差し込んだかと思えば、今度はカレーと、隣にある白いつぶつぶした何か、つまり米を同時に食べてみるようだ。

「……ファァァァァァァァァァァァァァオ」

「……どこから音出してるんだろ」

「義光、少し静かに」

次は忍が焼いた豆腐ステーキとカレー、そして米を同時に口の中へ収めた。

「…………」

音が止まった、その瞬間。


フォオォォオォォォォォォォン!!


「ひゃっ」

「し、忍っ!!」

「狼狽《うろた》えるな」

アリエルの体中から、風切り音と共に、目に見えない何かが噴出している。

「恐らく、自身の昂奮《こうふん》と連動させ、体中の毛穴から透明な何かを出しているのだろう。先程までの怪音は、この透明な何かが噴出する音だったんじゃないか」

「言動に気を付けてください、忍センパイ。つぎ女の子に毛穴とか言ったら査問にかけますよ」

「すまない」

忍が欠乏したデリカシーの責任を取らされている間も、アリエルのゆったりとしたレースカーテン風エルフ服は、体中から発される何かによって激しく乱れ動き、あまり見せるべきでない部分もチラチラチラチラ見えていた。

当のアリエルはお構いなしの様子で、取り憑《つ》かれたように豆腐カレーライスを貪《むさぼ》っている。

「アリエルって、本当に異世界エルフなんですね。私、ようやく実感しました」

口ではそう言いながらも、大して気にした様子もなくカレーを食べ続ける由奈《ゆな》。

「……僕が言うのもなんだけど、驚いたり慌てたりとか、一ノ瀬《いちのせ》さんにはないの？」

「まあ……今日は忍《しのぶ》センパイから、ノーブラで来いって言われたときが一番驚きました」

「ああ、よっぽど驚くよね。ってそうじゃなくて」

「今のところ私にはなんの害もありませんし、ちょっと変わった外国の女の子とゴハン食べてるくらいの感じですよ。むしろ漫画やアニメみたいに、びっくりして動揺してみたり、変に怖がったりするほうが、私には難しいかなぁ」

「はぁ」

確かに最近のフィクション界隈では、異世界存在との交流がさんざん描かれ続けている。

社会においても、異文化コミュニケーションの重要性は語られることしきりである。

現代社会は、もしかしたら割と簡単に、異世界存在を受容できるのかもしれない。

などと、義光《よしみつ》が考えているうちに。

「ふむ。薄いオゾン臭を感じるな」

「あー、これマイナスイオンの臭いじゃないんですね。って言うか何いきなり女の子の体臭嗅《か》いでるんですか？　最低です忍センパイ。森林の奥に埋めてマイナスイオンの一部にしますよ」

「マイナスイオンに臭いはないと聞くし、臭いを感じるほど多量のマイナスイオンが発生する機会などそうあるまい。俺たちが理解できるとは思えん」

「フォォォォォォォォン」

ブワーッ。

《エルフ》の噴き出す謎《なぞ》の気体を肴に、じゃれ合いじみた論戦を繰り広げる忍と由奈。

そんな忍たちの様子を見て、義光は考えを改めるのをやめた。

いくら時代が進んだからと言って、ここは地球で、住まうのは人類。

根本的なところは、やはり変わらないのだ。

誰もが忍たちのように、優しくいられるわけではない。

……アリエルは、幸運であったのだ。

この世界にやって来て、最初に出会った者たちが、こんなにも優しかったのだから。

◇　◆　◇　◆　◇　◆　◇

もしかしたら、気疲れしていたのかもしれない。

カレーを食べ終わったアリエルが、テーブルに突っ伏して眠り始めてしまったので、忍《しのぶ》たちは物音を抑えつつ、リビングダイニングから忍の寝室へ運び込む算段を講じていた。

「シーツ、こんな感じで大丈夫でしたか？」

「ああ。手間を掛けさせたな」

「まあ、このくらいは見物料ですよ」

勝手に探し出したシーツを勝手に忍のベッドへ敷き直し、由奈《ゆな》が偉そうにしていた。

細かいことを考えてはいけない。

中田《なかた》忍に対して、一ノ瀬《いちのせ》由奈はこうなのだ。

「待たせたな、義光《よしみつ》」

「準備できたの？」

「ああ」

アリエルを見守っていた義光の脇《わき》に立ち、忍はアリエルの肩と腰に手を回す。

「ふん……っ。見た目に比べ、随分と軽いな」

「手伝わなくて大丈夫？」

「大丈夫だ。常在菌に触れる者は、少ないに越したことはないだろう……っ、と」

余計な一言でげんなりする義光に目もくれず、忍は玄関脇の寝室まで移動し、アリエルをベッドへ横たわらせた。

着乱れたアリエルをお姫様抱っこしても眉《まゆ》一つ動かさないのは、いかにも中田忍である。

「ところでこれ、忍のベッドだよね。譲っちゃって良かったの？」

「客間の和室はリビングダイニングと同様、ベランダに接している。脱走の可能性に鑑《かんが》みれば、クローゼットや押し入れに幽閉するよりは、寝室を明け渡すほうがいくらも平和的だろう」

「理には適ってますね。寝室って言うより、暮らしやすい独房って感じですけど」

「人のプライベートスペースを捕まえて、随分な言いぶりだな」

「そりゃ言いますよ」

「ふむ」

忍は仏頂面《ぶっちょうづら》のまま、ぐるりと室内を見渡す。

ラグすら敷かれていない、剝《む》き出《だ》しの冷たいフローリング。

あるのは本棚ひとつと読書用のデスク、エアコンにメタルフレームのセミダブルベッドだけ。

「機能的な寝室だと考えるが」

「じゃあ聞きますけど。換気と採光に欠かせない、窓は何処《どこ》に存在するんですか？」

「本棚の裏に封印した」

「は？」

「安眠のため、厚手の段ボールと養生テープで目張りした上、窓枠より大きい本棚をベタ付けして光と音を防いでいる。敷金が減りかねないリスクも織り込み済みだ」

「……まぁ、忍《しのぶ》、眠り浅いほうだもんね」

「吸血鬼みたいですね。いっそ棺桶《かんおけ》で寝ればいいのに」

「一ノ瀬《いちのせ》君は面白いな。開閉の利便や狭さは横に置くとしても、気密を高めるほど窒息のリスクが高まるぞ」

「酸素吸ってたってオカシイんだから、今さら酸欠になろうと一緒ですよ」

「ま、まあまあ二人とも。アリエルちゃん起きちゃうし、とりあえずリビングに移動しよう」

「確かにな。すまん義光《よしみつ》」

「ほんとですよ。ちゃんと私にも謝って下さい」

「無惨な寝室ですまなかった」

「やる気が感じられませんね。ニンニク擂《す》り下ろしますよ」

「ないものは感じられない。道理だな」

やいのやいのと騒ぎ立てながら、部屋を後にするいい大人たち。

　パチッ
忍が照明を消し、ドアを閉ざすと、部屋は真っ暗闇《くらやみ》に包まれた。

伸ばした指先すら見えないような、深い深い暗闇に、包まれた。

◆◇◆◇◆◇

ぼちぼち、日も傾き始める刻限。

忍と義光、そして由奈《ゆな》は、ダイニングテーブルで顔を突き合わせ、これまでの経緯を語りつつ、状況整理を進めていた。

「じゃあ、忍センパイが今後の面倒を見るんですか？　正気ですか？」

由奈のそれなりに妥当な驚愕《きょうがく》を受け、義光がとても難しい表情を浮かべた。

「検討を重ねた末の結論だ。仕方あるまい」

何せ、異世界エルフである。

戸籍もなければ、帰る家もない。

そもそもヒトと同じように生活しているのか、できるのかさえも、分からないのだ。

「私は難しいと思いますし、不適切だと思いますけどね。忍センパイだって、全部の時間をアリエルのために使えるわけじゃないでしょう」

「君の言うとおりだが、アリエルが世界にとって、あるいは世界がアリエルにとって、互いに安全な存在だと保証できない以上、俺以外の誰かに押し付けられないのも事実だ」

「だから忍センパイが、アリエルの面倒を見ると？」

「少なくとも俺にはその責任があると考えるし、不埒《ふらち》な欲望からアリエルに不利益を被《こうむ》らせることはないと約束できる」

「まあ、それはそうでしょうけど。茜《あかね》ちゃんに申し訳ないとか思わないんですか？」

「何故《なぜ》そこで、堀内《ほりうち》君の名前が出てくる」

「昨日の今日だからですよ。私情で不正受給者《ナンバー》贔屓《ひいき》するなって、滅茶苦茶こき下ろしたのに」

「自分の時間と資金を使って、自分が持てる責任の範囲内でやるべきことだ、とも言った筈《はず》だ」

「言ってましたね、確かに」

「私人としての俺が、私人としてのリソースを割《さ》いて異世界エルフを保護する行為は、警察組織の弾劾《だんがい》ならば受けこそすれど、堀内君から非難を受ける謂《いわ》れはない」

仏頂面《ぶっちょうづら》のまま、悪びれた様子もなく頷《うなず》く忍《しのぶ》。

事情は全く知らないものの、流れをなんとなく察した義光《よしみつ》は、中田《なかた》忍的思考回路に戦慄《せんりつ》した。

「うん、忍センパイって感じですね。公務員のゴミクズ、自分勝手パワハラ上司。最低です」

「辛辣《しんらつ》だな」

「褒めてるんですよ」

「……ならば丁度いい。褒美代わりにひとつ、俺の話を聞いてくれないか」

いつになく重苦しい、真面目《まじめ》な忍の声色。

普段から十分真面目くさっているが、それに比しても真剣さが強くにじみ出ている。

「はい？」

全く意に介さない様子で、というか本当に意に介さず、由奈《ゆな》は軽い調子で応じた。

「まずは非礼を詫《わ》びよう。強い言葉で君のコミュニケーションを拒絶し続けて、すまなかった。君のやり方もなかなかに強引だったし、全部が全部こちらの過失とまでは考えていないが、もう少しやり方を考えるべきだった」

詫びる気がある人間の言いぶりじゃないな、と義光は思ったが、今日の由奈の様子を見ると、忍も大変な思いをしたのだろう。

当の由奈もそれを承知しているのか、忍の謝罪モドキに関して文句を言う様子はなかった。

「急にそんなことを言い出すなんて、忍センパイらしくないですね……ううん、その引き換えにもっと訳の分からないことを言い出すとかだったら、逆に忍センパイらしいかな？」

「ああ。君に頼みがある」

「頼み、ですか」

「業務命令ではなく、中田忍個人から、一ノ瀬《いちのせ》由奈個人への頼みだ。リスクの生じることで、本当に申し訳ないとも考えているが、どうしても必要だと判断した」

「はあ。伺《うかが》いましょう」

「アリエルの面倒を見る件について、今後も協力しては貰《もら》えないか」

「……へえ」

まるまる予想していたかの態度でありながら、意外なことを聞かされた、という声色で。

探るような口調で、どことなく可笑しそうな表情で。

由奈《ゆな》の猫目が、忍《しのぶ》を悪戯《いたずら》っぽく見上げている。

「どうして、私なんですか?」

「不可抗力とはいえ、アリエルの存在を知られてしまったから……という点も要素のひとつではあるが、俺にはさして重要でもないし、君が聞きたい話でもないのだろう」

「ええ、そうですね」

「ならば臆さず伝えよう。君ならば信頼できる」

「……信頼?」

「君は優秀だし、俺より優れた素養をいくつも持っている。俺の気付かないことや、思いもつかない観点から物事を解決できる力がある。男である俺よりも、生物学的にアリエルに近い君は、場合によっては俺より適切に問題へ対処できるだろう」

「……」

「加えて少し、いやかなり意地悪だが、その本質は誠実だ。俺の性格や行動パターンを熟知し、認めた上で、時には俺の言葉に従い、時には代案を具申してくれる。そんな君が、アリエルの行く末を憂《うれ》えて俺の力不足を指摘するなら、もはや君を巻き込み、信じ頼る他に手段がない」

「……なんですか、その口説き文句。私、プロポーズでもされてます?」

「？　いや、そこまで求めるつもりはないんだが」

真顔で言う忍に、義光《よしみつ》が唖然《あぜん》としてドン引きしていた。

対して、由奈の反応は淡泊だ。

喜んでいるようにも、怒っているようにも、呆《あき》れているようにも見えず、小さく笑みを浮かべたままで、忍の反応を探っている。

「二つ、確認させてください」

「聞こう」

「まず忍センパイは、私のことが嫌いなんですよね？」

「嫌いではない。態度や行動に迷惑しているだけで、尊敬の対象だと考えている」

「正直ですね。嘘《うそ》でも好きって言えばいいのに」

「嘘は自分の価値を貶《おとし》めるだけだ。君は正直の美徳を知る人間だと思っている」

「恐縮です。それじゃあ忍センパイ、二つ目ですが」

「迷惑な存在である私に、頭を下げてまでお願いをするのは、誰のためなんですか？」

「誰のため、などではない。俺がそうすべきだと考えているからだ」

「そうですか」

由奈《ゆな》の様子に変化はない。

ただ、どこか楽しげな、満足そうな笑みを浮かべて、忍《しのぶ》のことを見つめている。

「どうだろう、一ノ瀬《いちのせ》君」

「正直、なんと答えられても、断るつもりでいたんですけどね」

由奈は椅子《いす》から立ち上がり、自分の荷物をまとめ始める。

「でも、その答えを貰《もら》ってしまったら、私も満更ではありません」

「……うん？」

「毎日だったり、泊まり込みだったりは難しいですが、時々遊びに来て、お手伝いするくらいだったら構いませんよ」

「君も福祉生活課員だ。アリエルが密入国者として裁かれれば、無事には済まんぞ」

「それでも、私の力が必要なんですよね？」

「……ああ」

「だったら忍センパイが、そうならないよう努力して下されば、それで結構ですよ」

「すまない。助かる」

「お気になさらず。できることしか、やるつもりはありませんから」

「なんでも協力してくれる、と解釈したよ。ありがとう」

「……協力を頼む相手に、あんまり意地悪な言いかたはしないほうがいいと思いますけど」

「君は、利得の為《ため》におべっかを使えない俺を評価してくれているのだと思ったが」

「さあ、どうでしょうね」

やはり言葉とは裏腹に、穏やかな口調で呟いた由奈は、荷物を抱《かか》えて立ち上がる。

「帰るのか」

「ええ。忍センパイも義光《よしみつ》サンも完徹ですよね。お邪魔にならないうちに帰ります」

もちろん忍と義光が初志貫徹したとかそんな話をしているのではなく、忍が帰宅してから今まで全く寝ていない、即ち完全に徹夜だという話を伝えた結果だ。

ただ、由奈の言葉を受けて、忍はうん？　といった表情を浮かべたが、義光はうん……といった表情を浮かべ、とにかく疲労の濃さを滲《にじ》ませていた。

異世界存在に正面からぶつかり合った忍と、異世界存在に正面からぶつかり合う親友に振り回された義光と、これが疲労度の違いである。

「少しはフォローできますけど、来週までこの状況だと、流石《さすが》に誤魔化しきれません。あと業務面の話となると、ほんと忍センパイ抜きじゃ回らないんで、早めに戻ってきてください」

「分かった。約束しよう」

「よろしくお願いしますね。それじゃ、失礼します」

そして何事もなかったかのように、由奈は部屋から出て行った。

「……忍《しのぶ》」

「うん？」

「……いや、なんでもない」

「気になるだろう」

「野暮なことだからさ。それよりもう僕も眠くて。泊まってってもいいかな」

「ああ、いつもの和室を使ってくれ。来客用布団もすぐに出せる」

「……あ、ごめん。忍はベッド譲っちゃったから、僕が泊まるとソファで寝る感じだよね」

「まあ、そうなるな」

「やっぱりそれは悪……いや、うーん……あー……いや……うーん……」

「……？」

急に悩み苦しみ始めた義光《よしみつ》を訝《いぶか》しむ忍。

「……ああ、いや、その、アリエルちゃんも、一応、女の子なわけでしょ」

「その可能性が高そうだな」

「突然二人きりにするのはその……あれだと思ったんだけど、何せ忍だから、その辺の心配はいらないだろうし。忍をソファで寝かせるくらいなら、帰ろうとも思ったんだけど」

「ああ」

「放っておいて何かあったら……また、知床岬《しれとこみさき》から沈めようとしないかなあって」

「……」

「……」

「……悪いが泊まって行ってくれるか。俺はソファで大丈夫だから」

「……うん」

不満そうでありながら、どこか自信のなさそうな声色の忍を見て、義光は自分の判断の正しさを感じたのだった。

第三話　エルフとマシュマロの行方

翌、十一月十八日土曜日、早朝。

喉元《のどもと》に言い知れぬ違和感を覚え、忍《しのぶ》は目を覚ました。

――いかんな。

――いくら夜が冷え込むとはいえ、エアコンは切るべきだったか。

直樹義光《なおきよしみつ》が語ったとおり、忍は元々、眠りの浅い人間である。

ましてや今日寝ていたのは、リビングダイニングにあるロングソファの上。

だと言うのに、夢も見ないくらいどっぷり寝込んでしまった。

自覚はなかったものの、やはり疲れていたらしい。

「……」

昨日忍のベッドへ寝かせた、アリエルの様子はどうだろうか。

部屋の物を壊されるくらいなら我慢できるし対応可能だが、室外に出るのは些《いささ》かまずい。

玄関の内鍵は掛けているものの、何しろ異世界エルフである。

分子分解魔法で玄関扉ごと消し去り、どこかへ失踪《しっそう》する可能性もないとは言えない。

そこまで考えてしまうともう何をやったって一緒という感じもするが、それが努力を放棄する言い訳にはならないと考えるのが、中田《なかた》忍という生き方だ。

果たして寝室のほうに目を向けると、閉めたはずのドアが開いていた。

──真っ暗にしていたはずだが、よく出てこられたものだ。

──やはりエルフらしく、暗視能力でもあるのだろうか。

未《いま》だ覚め切らぬ意識の中、ぼーっと辺りを見回した忍が目にしたのは。


「……」

「……」

ふよふよ

ダイニングテーブルの上に、昨日片付け損ねたスープ皿が置かれている。

その手前で両掌《てのひら》を突き出している、異世界エルフ。

さらに両掌の先、スープ皿の真上に当たる空間へ、どこからともなく粟粒大《あわつぶだい》の透明な何かが吸い寄せられ、ハンドボール大の球を形作ってゆく。

球は形を歪《ゆが》めつつ、まるで無重力空間にあるかの如《ごと》く、なんの支えもない状態で浮いていた。

忍は声を上げなかったが、アリエルのほうで忍を見ていたのか、すぐに忍とアリエルの視線が交錯する。

「……」

アリエルは表情こそ変えないものの、目を見開きぷるぷる震え、動揺を見せた。

乳房を揉《も》まれたときの恥辱《ちじょく》にまみれた紅潮といい、感情表現については本当にヒトと大差ないのかもしれないな、と、忍《しのぶ》はぼーっとした頭で考える。

アリエルの動揺を映したか、球は激しく形を変え暴《あば》れ回り、今にも飛び散ってしまいそうだ。

そんな様子を見た忍は、すぐさま決断した。

いや、決断ではないのかもしれない。

傍目から見ると、そしてアリエルから見ると、そんなことは分からないのだけれど。

とにかく忍は、

「……」

バフッ
そのままロングソファに倒れ込み、目を閉じた。

ちゃんとした寝床で寝られなかった忍は、未《いま》だ寝ぼけていたのだ。

「……」

一方アリエルは、忍が急に倒れ込んだものだから、戸惑いを消しきれない。

両掌《てのひら》の先に浮かべた球の形を整え、テーブル越しにそうっと忍の顔を覗《のぞ》き込もうとして
「いやおかしいだろう今のは」

急にまたぐいっと忍《しのぶ》が起き上がり

「～～～～～～～～～～～！！！」

アリエルが今度こそ度肝を抜かし

バッシャアアアアアアアアアア！！！！！！

球が破裂して、透明な液体がどえらい勢いで飛び散りまくった。

◇◆◇◆◇◆◇

「義光《よしみつ》……義光……起きてくれ……義光」

「う……ん、どしたの、忍」

耳元で中田《なかた》忍に囁《ささや》かれ目を覚ますという、人によっては深刻な心的外傷《トラウマ》を負いそうなシチュエーションに置かれてなお、直樹《なおき》義光は爽《さわ》やかである。

心の強い男であった。

「起き抜けにすまない。だが楽観していられる状況でもないんだ」

「え、何かあったの……って忍、なんか湿ってない？」

「俺のことはいい。それよりもこちらに来てくれ。可能な限り音を立てずにな」

「はあ……？」

襖《ふすま》を開け、和室からリビングダイニングを覗《のぞ》いた義光が見たのは、実に奇妙な光景だった。

ダイニングテーブル周りの床や壁面や天井が、透明な液体でぐっしょり濡《ぬ》れている中。

テーブルに置かれた平皿の上で、アリエルが両掌《てのひら》を突き出して、何かを念じていた。

光もなく、音もなく。

両掌の先には少しずつ、透明な何かが集まっていると分かる。

「……これ、は……？」

「俺が目覚めたときには、もう始まっていた。動揺させると破裂するので、注意してくれ」

「ああ、それで忍も濡れてるんだね……着替えなくて平気？」

「次が破裂したら二度手間だろう」

そういう問題じゃなくない？　と口には出さず、目の前の神秘を見守ることにした義光である。

この切り替えができなければ、長年忍の友人を続けることなどできはしないのだ。

アリエルが掌を傾けると、さっきより小さな透明の球がゆっくりと平皿に向かい、やがて力を失ったかのように、ぴちゃっ、とスープ皿の中へ落下した。

そして、アリエルが指先をスープ皿に差し込むと、中身がみるみる減っていく。

「……魔法で作った水を、指先から吸収してるのかな？」

「面白い意見だが、質量保存の法則は無視できまい」

「分かんないよ。なんと言っても魔法だし」

「異世界だからと言って、なんでも魔法で片付けるのは知性の敗北だ。少し考えよう」

「ううん……」

ここしばらく、頭を使い通しの義光《よしみつ》である。

これ以上悩むのは少し辛《つら》いかな、と思ってはみたものの、よくよく考えたら毎回頭を使っているのは忍《しのぶ》だけで、自分は横から適度にツッコんでいただけだと気付く。

忍は凄《すご》い。

やっぱり凄い。

義光は心機一転、ツッコミに、いや補助的な指摘に全力を尽くそうと決めた。

「質量保存の法則を無視しないなら、液体がどこから来たか考えれば、合理的な答えが出るんじゃない？」

「それを考えるためにも、まずは液体の正体を調べる必要がある、か」

言って、忍がアリエルのスープ皿に手を伸ばすと。

グイッ
「うん？」

手を伸ばすと。

　グイッ
「……」

　アリエルが無言でスープ皿を引き寄せ、忍の手の届かない位置まで移動させた。

「アリエル、悪いがそれを貸してくれ」

　手を伸ばす。

　グイッ
「ダメみたいだね」

「ああ」

　どことなく申し訳なさそうな雰囲気を醸しているが、とにかくアリエルは、忍をスープ皿に近づけたくない様子だった。

「なるほどな」

「なんで分かったの？」

〝何が〟や〝何を〟でなく、なんで分かった感じになったか知りたい義光である。

「代償というものは、どのような異世界にも根底で存在するルールなのだろう」

「はぁ」

　言いながら、忍はキッチンへ歩いていく。

忍《しのぶ》の意図が掴《つか》めない義光《よしみつ》。

「アリエルが魔法で生み出した液体は、恐らくただの水だ」

「……そうなの？」

「ああ」

「今回は異世界の常在菌がどうこう言って騒いだりしないの？」

「……義光は俺に何を期待しているんだ」

「期待だなんてそんな」

我知らず、焦った様子の義光であった。

「まあいい。俺が水だと考えた理由は単純だ」

「透明で液体だから？」

「それもあるが、義光。人間が空を飛べたら便利だと考えたことはないか」

「……まあ、あるけど」

忍がノッてきたのを察したか、アリエルはスープ皿を忍から見えにくい位置まで移動させ、そうっと指を差し入れた。

「それができん理由は、人間の生体機能と飛行能力が両立し得ないからなのだろう」

「航空力学的な話？」

「いや、生物としてのキャパシティの話になるな。空を飛ぶ鳥は、生体そのものが空を飛ぶためだけに最適化されている」

「飛びながらフンをしたりするとこ？」

「ああ。自重を極限まで減らし、骨格ごと浮きやすい形に洗練し、用途の広い〝手〟に当たる器官を翼に替え、攻撃と食事、物に触れることなどを嘴《くちばし》と脚で代替せねばならない。人間なら不自由極まりないところだが、そうまでせねば、生物は空を飛ぶことができない」

「話が見えないんだけど」

「まあ待て、続きがある」

「はあ」

「ヘビの毒や、ヤマアラシの棘《とげ》。クマのように鋭い爪《つめ》や優れた筋力、ヤモリのように壁を這《は》う吸盤、トカゲのように再生する尻尾《しっぽ》。どれもあったら便利だが、人間には備わっていない」

「……アリエルちゃんが使う魔法も、同じってこと？」

「俺はそう考えた」

　忍の視線の先では、アリエルが指先から液体を吸収している。

　それが当たり前であるかのように、ただただ、堂々と。

「昨日の備蓄水の件から、アリエルが人類と同様に水を欲することは明らかだが、備蓄水のありかはアリエルに教えていないし、水道の使い方も教えていない。もしアリエルが水を欲したなら、文字どおり〝自分で〟解決するしかなかった」

つまり。

アリエル、いや、異世界エルフにとって、水を創《つく》り出し吸収する行為は、生存のための特徴のひとつに過ぎないと、忍《しのぶ》は言うのだ。

目の前で見せられた〝魔法〟に驚くでもなく、畏《おそ》れおののくでもなく、淡々と。

もう少し、驚くとか、ないのだろうか。

などと考えたものの、結局義光《よしみつ》は言葉を飲み込んだ。

何故《なぜ》なら、言っても無駄だからだ。

多分忍は、目の前の現象に驚くよりも、現象の原因を突き詰めることに夢中なので。

「……はぁ」

義光は、由奈《ゆな》の言葉を思い出していた。

『頭の中が異世界ですよね』

完全に悪口の類《たぐ》いだが、義光は同意せずにはいられなかった。

忍の推論は続く。

「アリエルは、俺たちにその能力の存在を知られたくなかったのだろう。この世界にどれだけ水が存在して、どのようにそれを確保できるのか、アリエルにはまだ想像できないのだから」

「じゃあ、どうするの？」

「代償を用意する」

りんごジュースと紙コップを取り出し、たんまり注ぎ入れる忍。

「ホッ」

美味《おい》しさの記憶を刺激されたのか、アリエルが全身から謎《なぞ》のそよ風を噴射した。

「魔法で生み出した水が欲しければ、俺たちからも見合う代償、対価を差し出せばいい」

忍は仏頂面《ぶっちょうづら》のまま、アリエルへ紙コップを差し出しつつ、逆の手で皿を要求する。

アリエルは紙コップとスープ皿と忍と紙コップ、紙コップと忍と紙コップ、スープ皿と忍と紙コップと忍と紙コップを順番に見つめる。

結局紙コップばかりを見ている形であり、りんごジュースが気になって仕方ないらしい。

「さあ、その液体を渡してくれ」

アリエルを怯《おび》えさせないよう、ゆっくりと手を伸ばす忍だったが、それでもアリエルは弱々しく皿を逃がそうとする。

「……ふむ」

「……あのさ、忍。少し可哀想《かわいそう》なんじゃ」

「昨日カレーと豆腐を食べさせたきりだ。少し無理をさせてでも、栄養を摂《と》らせねばならん」

「本当に？　その液体の正体を確かめたいだけじゃなくて？」

「無論その考えもある」

「あるんじゃん！」

「だが、アリエルに栄養を摂《と》らせたいのも本当だ」

本当だと言うのなら、本当なのだろう。

中田忍《なかたしのぶ》は、そういう人間なのだ。

「……」

アリエルはもはや紙コップしか見ていないし、体中をふるふると震わせてはいるものの、それでも皿を離そうとはしなかった。

そんな様子を見て、忍は。

「……やむを得ないか」

ゆっくりと。

忍がジュースを自らの口元に運び、飲み干そうとする仕草を見せたところで。

コトッ

どこか諦《あきら》めた様子のアリエルが、皿を忍の前に差し出した。

◇◆◇◆◇◆◇

「臭いもなく、触感にもおかしな点は認められない。やはり水で間違いなさそうだ」

「……いや、別にいいんだけどさ」

「うん？」

皿の液体を触ったり掬《すく》ったりと分析を始めた忍の様子に、義光《よしみつ》はどこか不満げである。

ちなみにアリエルはと言えば、渡してしまったものは仕方がないと諦めたのか、りんごジュースを口から堪能《たんのう》している。

表情こそほとんど浮かべていないものの、どう見ても雰囲気は満足そうで、体中からフォウフォウ謎《なぞ》の音を響かせているのだが、それでも義光はどこか不満げである。

「色々言いたいことはあるんだけど、まずはちょっと、警戒しなさすぎじゃない？」

「何が？」

「常在菌とか知床岬《しれとこみさき》と大騒ぎしてたのに、この液体には随分寛容だなと思ってさ」

「ああ、それは根拠があってのことだ」

「根拠？」

「俺が気付いただけでも、大きなところで三つある」

そう言って忍が、自身の服を引っ張ってみせる。

最初にアリエルが爆裂させた液体を、それなりに吸い込んだパジャマだ。

「一つ目。これだけ浴びた後では、悪い影響があると分かっても諦《あきら》めるしかない」

「……一応、気にはなってたんだね」

「異世界エルフの生み出した液体型寄生生物兵器である可能性くらい、誰でも想像するだろう」

「そうだね。恐ろしいね」

何しろダイニングテーブルの周辺は、天井から壁から床から液体まみれである。

少し距離があるテレビやカーテンなどは被害を免れているものの、液体が本当に危険物だったなら、十分すぎるほど取り返しのつかない惨事であった。

「二つ目。この液体は恐らく、こちらの世界に由来する水だ」

「どうして？」

「異世界から取り寄せられるなら、自分を異世界に戻せてもおかしくない」

「……確かに」

「アリエルがどんな理由で地球へ来たのかは知らんが、こうして俺の家で過ごすことは、少なくとも不本意だろう。意思疎通はなかなか進まんし、自分でどうにかしなければ、水さえ用意できない環境だ。少なくとも気軽に行き来できる手段があるのなら、何があるか分からない夜間や食事の間だけでも、元の世界に帰るのではないだろうか」

「的を射た考え方だと思う」

ちらとアリエルを見ると、そろそろりんごジュースを飲み終わらんとしているところだ。

「つまり、製法の理屈は分かんないけど、この液体はこっちのH_2Oを使っているみたいだから多分普通の水だし、人類にも害はないと」

「そうなる」

アリエルは対価のジュースを失い、液体を忍《しのぶ》に与えた自らの愚かさに気付き、後悔しているようにも見えた。

それを察しているのかいないのか、とにかく忍がジュースの二杯目を注いでやった。

はっとしたアリエルは、皿の上に小さな液体の球を出現させる。

球はゆるゆると皿に落下し、液体がまた少し飛び散った。

「等価交換か。ありがたいことだ」

「それで、三つ目はなんなの？」

結論を先延ばしにされている義光《よしみつ》が、忍をせかす。

「三つ目は、この液体をアリエル自身が創《つく》り出し、摂取していることだ」

「そこは分からないと思うんだよ」

「ふむ」

「実はこの水は人体に有害だけど、アリエルちゃんは指先の常在菌で水の毒素を中和してるのかもしれないよね」

「義光《よしみつ》は常在菌が好きだな」

何がおかしいのか、くすくすと笑う忍《しのぶ》。

完全にお前のせいなのだが。

「まあ、そこは他の理由で打ち消せるだろう」

「はあ」

「可食性テストのときにも話したが、人体に有害な物質は、皮膚の弱い部分に触れただけでも悪影響を及ぼすものだ。しかし、今のところ俺にその兆候はない」

「確かに、そうみたいだね」

「加えて、未知の物質で構成される訳でもなく、アリエル自身も摂取するなら、この〝水〟は俺たちに害を為《な》すまい。むしろ、異世界エルフが人類にもたらす、ひと雫の甘露とも言える」

「そういうものかなぁ……」

いくらか心を落ち着けた義光であったが、はた、と思考を止める。

「今甘露って言った？」

「？　言ったが」

甘露。

「ああ、異世界に中国があるという話ではないぞ。甘露は中国の伝承にある、神々も食す天から降る甘い液体と言うのが語源だが、甘露水やのど飴《あめ》に代表されるように、美味《うま》い液体にも」

「そんなことは聞いていないんだよ」

「うん？」

「飲む気なの、それ」

「もちろん」

「あぁー」

ひどくうなだれる義光。

えっ、という表情の忍だったが、はっとした表情で。

「義光の分も残すぞ」

「いらないよ、そんな得体の知れない液体」

「……そうか」

「普通そうでしょ……っていうかなんで、忍はそんなに飲む気満々なの」

「飲む気満々という訳でもないんだが」

「満々に見えるよ」

「そうか？」

「ああ」

「……そうか」

皿とアリエルを交互に見つめながら、忍。

「この液体がアリエルにとって、どの程度貴重なのかは知らないが、対価を差し出してまで譲り受けた以上、俺にはこれを口にする義務がある」

「あぁ、そっち行っちゃうんだ……」

「それはそうだろう。アリエルは俺たちが差し出した水と、ジュースと、豆腐と、カレーライスを、文句ひとつ言わず摂取したんだぞ」

「……それは、まあ」

未《いま》だ意思疎通は順調と言いがたいところだが、アリエルが高度な知性を有する生物であろうことは、義光《よしみつ》にしても認識し、理解しているつもりだった。

ならばアリエルは、この世界で差し出された水や食料品についても、今の忍《しのぶ》たちと同程度、あるいはそれ以上の危機意識を持って指に、または口にしていたのだろう。

忍たちからすれば、地球の基準において最大限に配慮した、安全に限りなく近いものを与えていたわけだが、そこをアリエルに理解できようはずがない。

無条件の信頼と蛮勇で、恐怖を打ち消す必要があったに違いないのだ。

「ならば俺もまた、その心に応《こた》えなくてはならない。これは俺がアリエルを迎えるための通過儀礼、けじめのようなものなんだ」

義光の心の奥に、言葉のひとつひとつが染みわたる。

不器用で、すぐ訳の分からないことを言い出し、周りの誰にも理解して貰《もら》えない忍。

けれどいつだって真剣で、誠実で、自身の正義を決して曲げない、どこまでも真っ直《ます》ぐな忍。

自分は、そんな忍すらも気に入って、今でも親友を続けているのではなかったのか。

頑《かたく》なになっていた義光の心が、ほぐれていく。

義光は忍が、そこまで真剣に考えているなどと、想像していなかった。

アリエルの乳房を揉《も》んだときのように、また珍しい異世界のナニカに気付いたので、勢いで危険性も何もかも忘れて、液体を飲みたがったんだと考えてしまっていた。

だが、そうではなかった。

忍はあくまで真剣に、アリエルへ向き合おうとしている。

ならば義光もまた、その全力を以《もっ》て、忍のことをサポートするべきなのだ。

たとえ義光の言葉が、正しいかもしれない忍の決断を、曲げる結果になったとしても。

これからも義光が、忍の傍に寄り添おうと言うのなら。

義光もまた、全力で、真剣に、寄り添わねばならないのだ。

だから義光は、あえて言うことにした。

「忍。アリエルちゃんは多分、忍がその液体を口にすることを良しとしていない、っていうかむしろ積極的に止めようとしてると思うんだけ――」

「ゲブフォッ」

義光が逡巡《しゅんじゅん》しているうちに、忍はとっくに液体を飲み干そうとして。

ものすごく不味《まず》かったため、どえらい勢いで吐き散らして。

その様子を見ていたアリエルが、さもありなん、といった雰囲気で、申し訳なさそうに視線を逸《そ》らしたのだった。

◇◆◇◆◇◆◇

「……三つ、分かったことがあってな」

「……なあに？」

アリエルが撒き散らした分と、忍《しのぶ》が吐き散らした分の液体を、忍と義光《よしみつ》は拭《ふ》き取っていた。

「一つ目が、アリエルの魔法。恐らく原理は除湿機のそれに準ずるものだ」

「アリエルちゃんが空気中の水分を集めて、ひとつの塊にしていたってこと？」

「そうだな。今やっているあれはその応用だろう」

アリエルが天井や壁に張り付いた液体へ掌《てのひら》をかざすと、液体は無数の雨粒のように浮き上がり、寄り集まって小さな水球と化し、最終的に足元のバケツへ収まる。

同調行動というよりも、単純に忍たちの雑巾絞りを真似《まね》ているだけなのかもしれない。

「だとしたら、物凄《すご》い除湿性能だね」

「ああ。案外アリエルの正体は、俺が昔助けたエアコンなのかもしれん」

「エアっ……？」

「食事をさせれば風が吹き出すし、ドライ運転で水気を払う。辻褄《つじつま》は合うんじゃないか」

「……そんな心当たり、あるの？」

「本気にするな。冗談だ」

まるで冗談を感じられない仏頂面《ぶっちょうづら》のまま、忍は物凄い勢いでスマートフォンを触り始める。

「……テテンの公式……飽和水蒸気量……学生時代に聞いたな」

「どうしたのさ、突然」

「ちょっとした計算だ。宅内を約150立方メートル、平均室温を20℃、平均湿度が60パーセントと仮定し計算すると、総水蒸気量は約1・5リットルになることが分かった」

「へえ」

どこか満足気な様子の忍。

知っていることを話すのも好きだが、知らないことを調べるのはもっと好きなのだ。

「加えて、人間大の生物が三人いることや、浴室やキッチンなどの水回りが存在することも勘案すれば、ハンドボール大の水球にも、ある程度説明が付くんじゃないか」

「言われてみれば、なんだか喉がいがらっぽい気がするね。目もちょっとヒリヒリするかも」

「そうだろう。この仮説どおりなら、水を作った原理も明らかになるし、酷《ひど》い味なのも頷《うなず》ける」

「……そんなに美味《おい》しくなかったの？」

「埃度《ほこり》が高すぎる。T字ぼうきの先端を粉々にして混ぜたような埃っぽさが、今も鼻を突く」

「けっこう透明だったのにね」

「雨水も透明だが、空の上の微粒子と水蒸気がくっついて落ちてくるわけだろう」

「確かに」

「気になるなら、義光《よしみつ》もアリエルに分けて貰《もら》うか、除湿機の水を飲んでみればいい」

「嫌《いや》だよ、不味《まず》いんでしょ……」

言いながら、バケツの上で雑巾を絞る義光。

アリエルがなんとなく手を伸ばそうとしたので、やんわりと止めておいた。

「二つ目は、アリエルが指から水を摂取する理由だ」

「僕も思い出したんだけど、アリエルちゃんは最初、指から水を吸収していたよね」

「そうだな。恐らくアリエルの指先には、異物を感知するセンサーと、異物を透析するフィルタが備わっているんだろう。指先に汚れを残すのか、取り込んで透析するのかは分からんが」

「……そっか、なるほどね。厳しい自然の中で人間並みの消化器官しか持たない《エルフ》が水を得るには、魔法と指先で二重のフィルタが必要なんだ」

「そうなる。その上で汚れた水などは指先のフィルタを通して摂取し、安全な飲食物のみを経口摂取するのが、《エルフ》の食事に関する全貌《ぜんぼう》なのだと考える」

「……じゃあ、三つ目はなんなの?」

「俺が馬鹿《ばか》だということさ」

　義光が問うと、忍《しのぶ》は自嘲《じちよう》気味に微笑《ほほえ》んだ。

「アリエルは、どう考えても美味《うま》くないであろう皿の水を、俺が口にしないよう必死に止めてくれていた。その誠実さを、代償目当ての行為だと勝手に勘違いしていたのだから、こんなに滑稽《こっけい》で失礼な話はない」

「そんなことないでしょ。忍の懸命さは、きっとアリエルちゃんにも伝わってる」

「そうだろうか」

「そうだよ」

　再びアリエルを見ると、室内の水を概《おおむ》ねバケツに収め終え、忍たちをじっと見つめていた。

　そして忍と目が合うと、紙コップに残っていたりんごジュースを、そっと差し出す。

「シノブ」

「……口直し、か」

「シノブ」

「ありがとう。だがこれは、お前に与えた物だ。お前が飲むべきだよ、アリエル」

「……シノブ」

　意味は伝わっていないに違いないし、忍もアリエルの意思を正しく理解したとは限らない。

　しかし。

「なあ、義光《よしみつ》」

「うん？」

「俺は、どうすべきだろうか」

「どうもこうも。そのまま頑張ればいいじゃない」

「俺は不器用だ。ひどい失敗もする」

「甘えてるね。普段の忍《しのぶ》らしくないよ」

「……普段の俺ならば、なんと言う」

「『工場でライン生産を行う部品にも、不良率目標が定められているように、１００パーセントの成功などという事象は、テスト問題の上でしか成立し得ない絵空事だ。失敗を許容し次の成功に繋《つな》げる努力を怠るつもりなら、そのまま布団で泣き寝入りしていればいい』」

「酷《ひど》いな。俺はいつも、そんなに人間味のない話をしているのか」

「してるね、これはしてる。してるよ」

実際している。

忍も思い当たる節があったのか、もう一度自嘲《じちょう》気味に微笑《ほほえ》んで、ゆっくりと立ち上がる。

「寝間着もいい加減取り替えたい。不貞寝《ふてね》している場合ではないか」

「また何か思いついたの？」

「ああ。早速行動に移ろうと思う」

「……はいはい」

相変わらず疲れ切った様子の義光だが、その表情はどう見ても晴れやかであった。

◇◆◇◆◇◆◇

「……」

椅子《いす》に座らされたアリエルの前には、ダイニングテーブル。

アリエルから向かって右側には、先ほどの平皿に入った、アリエルが魔法で生産した水（以下魔法水と記載。忍命名）が置かれていて。

その下には〝止〟と大きく書かれた、ハガキ大のカードが一枚置かれていた。

「うん、忍。これはいいよ。これはよく分かる」

「ああ。アリエルは魔法水を通じて、俺たちに〝NO GO《してはならない》〟を示す手段を与えてくれた」

アリエルは忍が魔法水を飲もうとしたとき、弱々しくもその行動を制しようとした。

つまり忍たちとアリエルの間に、〝魔法水＝NO GO〟と言う共通認識が生まれたと、忍は判断したのである。

アリエルのほうでも、忍がその認識を利用せんとしていると気付いたらしく、魔法水に手を出そうとはしない。

「色々考えた結果、アリエルに〝NO GO〟を示すには、〝止〟の文字が適切と判断した」

「……うん」

「〝危〟や〝注〟なども候補だったが、汎用性などを考慮すると、どうもしっくりこない。その点〝止〟ならば道路標識やガス、水栓などにも通じるし、比較的死角が少ない。実際の意味ともブレないから、今後の文化学習をも阻害しない」

忍《しのぶ》は饒舌《じょうぜつ》である。

よほど深く考えた上での結論だったのだろう。

それはいい。

それはいいのだ。

義光《よしみつ》から見ても、『NO GO《してはならない》＝〝止〟』は良いアイデアである。

ベストではないかもしれないが、ベターだ。

〝止〟の字が伴う表現は、たいてい何かを止《や》めたほうがいい場合のものなので。

だから、それはいいのだ。

それよりも。

アリエルから向かって左側に置かれていたのは、新しく注がれたオレンジジュース。

そして。

「俺も悩んだ」

何が「も」なのかは分からないが、とりあえず話を聞くことにしてしまおう。

そこには恐らく、何かの意味があるから。

たとえその意味が、義光には到底理解の及ばない〝何か〟であったとしても。

「まず、アリエルに〝GO《してもよい》〟を出す表現については、既存の図形ではどれも用を為《な》さない」

「はあ」

「例えば、日本ではテストの採点時、正解はマル、間違いはチェックだろう。欧米では正解がチェック、間違いはマル。同じ星の上ですら、認識が共有できないんだ」

「確かにそうだけど、暫《しばら》くは日本で暮らす訳だし、マルとバツでも十分じゃない？」

「単純な図形は、しばしば混乱を誘発する。今後アリエルが小田急線に乗るようなことがあれば、オダキューＯＸ《オーエックス》で憤死する可能性がないとは言えない」

「ないでしょ」

「無いか」

「無い」

なお〝オダキューＯＸ《オーエックス》〟とは、東京都内から神奈川県内を結ぶ小田急電鉄グループの展開する小売事業の屋号のひとつで、沿線上に同名の駅売店やスーパーマーケットが点在する。

将来アリエルが新宿や小田原、江の島まで遊びに出掛ければ遭遇する可能性もあるだろうし、同社の従業員には〝オダキュウマルバツ〟と呼ばれていた状況もあるらしいので、忍の懸念は決して的外れではなかったのだが、今どうでもいい話なのは確かであった。

「……では、ＸＯ醤《エックスオージャン》が」

「もういいから次の説明に移って貰《もら》っていい？」

「ああ」

逸る気持ちを抑えられない義光《よしみつ》であった。

それほど、〝この図形〟は、危険なのである。

「かと言って、文字では余計に駄目だ。〝止〟を始め複数の候補が上がるほどの〝ＮＯ ＧＯ《してはならない》〟と違い、恒久的に〝ＧＯ《してもよい》〟を指し示す文字は、考え付くに至らなかった」

「あぁ、それはあるかもね」

良、正、可、楽。

不良、不正、不可、極楽に行かせてあげるわ。

たいていの良い意味を持つ文字は、修飾次第で悪い意味にもなり得ることをアリエルが理解するのは、暫《しばら》く先の話であろう。

「複雑すぎず、それでいて俺たちの誰もが再現できるというコンセプトで、新たな表現を考える必要が生まれた」

「……うん」

「故に、これを作ったわけだ」

得意げな忍《しのぶ》がアリエルに〝作品〟を見せつつ、オレンジジュースを差し出す。

アリエルは我が意を得たりとジュースを受け取り、ゴクゴクフシュフシュを開始。

そして小田急線に乗った訳でもないのに、義光は憤死しかけていた。

「どうした義光」

「……いや、この、干からびたミミズか、網の隅っこで忘れられたカルビか、鉄板にこびりついた焼きそばか分からないんだけどさ」

忍がアリエルに差し出したカードには、絵と表現するにはあまりに廃棄物に近すぎる、黒く絡まったゴミクズのような何かが描かれていた。

「これは何？」

「アリエルマーク」

「は？」

「義光風に言うならば、アリエルちゃんマークのほうが良かったか」

「やめてよ」

このおぞましい物体に、１パーセントでも自分の関わった痕跡《こんせき》を残したくなくて、ちょっと強めに否定してしまう義光であった。

「それで、この……これは、何」

「アリエルちゃんマークだ」

「そうじゃなくて」

「む」

「これは、何を、描いたの」

「アリエルの顔だが」

「嘘《うそ》でしょ……」

もしかしたら前衛的抽象化風な視点で、どこかアリエルの特徴を強烈に捉えたりしているのではないかなと、絵とアリエルの顔を何度も見比べる義光《よしみつ》だったが、やっぱり全然似ていないというか、忍《しのぶ》の絵は廃棄物に近い、黒く絡まったゴミクズにしか見えなかった。

仕方あるまい。

中田《なかた》忍には、絵心がないのだ。

「言いたいことは分かる」

「うん」

「再現性を重視しすぎたせいで、少しデフォルメがきつくなってしまった」

「あぁー」

そっちじゃない。

そっちじゃないよ。

なんだよデフォルメって。

義光が頭を抱《かか》えている間に、忍は別のメモ用紙へ同じ絵を小さく描《か》き込む。

「見てくれ」

それは八分の一くらいのサイズに縮まったアリエルちゃんマークだったが、確かに縮尺が違うだけで、寸分違わず同じゴミクズ、いやマークであった。

「これを最初は水の入ったボトルや、食べて良い食事などに貼《は》り付ければ、誤飲誤食の心配がなくなる。いずれ風呂やシャワー、テレビや書籍などにも貼ってやろうか」

ふと家中の服や家電、本棚の本や食材にこのアリエルちゃんマークが貼り巡らされている中田家の状況を想像し、義光は苦虫を噛《か》み潰《つぶ》した人を見掛けたときのような表情になった。

後戻りしようにも、アリエルはすでにアリエルちゃんマークを気に入った様子で、描かれた紙をぺとぺとつつきながらオレンジジュースを飲んでいる。

「義光、早速家の物に〝GO〟《してもよい》と〝NO GO〟《してはならない》の識別を付けたい。〝止〟は大小取り交ぜて印字してあるから、義光はアリエルちゃんマークをスキャンし、印刷しておいてくれないか」

アリエルちゃんマークという名の産業廃棄物を量産するよう命じられた義光の心境は、ただただ複雑であった。

◇◆◇◆◇◆◇

「こんなところか」

「まあ……うん、そうだね」

家中の窓、戸棚、ガス、水道、電気関係、食料品類に至るまで貼《は》り巡らされた〝止〟マーク。特に警戒を厳重にすべき玄関扉には、特大の〝止〟の字が貼り付けてあり、ちょっとした道路標示のようである。

「なんて言うか、呪われたホテルの一室みたいになっちゃったね」

「流石《さすが》に落ち着かないな」

何せ、室内の上下左右どこを見ても〝止〟〝止〟〝止〟〝止〟。

いくら自分たちで貼り付けたとはいえ、不気味な印象は拭《ぬぐ》えなかった。

「フォントを工夫してみたらどうかな。ポップな感じで作れば少しは」

「悪くないが、示したい意味は〝NO GO《してはならない》〟だ。あまり親しみやすい雰囲気にするのもな」

「じゃあ、いっそ教科書っぽい感じにでも……あ、アリエルちゃんが怯《おび》えている」

「む」

見れば、アリエルが部屋の真ん中にうずくまり、頭を抱《かか》えていた。

「困ったな」

「困ったの？」

「当然だろう。何故《なぜ》困らないと考えた」

「忍《しのぶ》なら『この調子で一日中頭を抱えさせれば、徘徊《はいかい》や破壊の心配は皆無だな。良かった』ぐらい言うかと思ったんだけど」

「どこから来るんだ、その歪《ゆが》んだ俺像は」

「本人から」

「そうか」

気を悪くした風でもなく、忍は何枚かの〝止〟を剝《は》がし始める。

言いすぎたかと思ったので良かったと思いかけた義光《よしみつ》だったが、全然良くなかった。

なぜなら、特に気を悪くしていないということは、特に気にしていないということで、今の自分を特に改善しようとする気がないということに他ならないからだ。

そう。

今の自分を。


「……ねえ、忍」

「どうした、義光」

「いや、ちょっと閃《ひらめ》いたんだけどさ」

言いながら義光は、迷いのない手つきで、玄関扉に貼られた特大の〝止〟マークを剝がす。

「この状態で、玄関扉開けてもいいかな」

「……確信は、あるんだな?」

「まあ、一応ね」

ガチャリ
家賃なりに重厚な質感の玄関扉が開き、外の冷たい風が流れ込んで来る。

いくらこの部屋以外にこの世界を知らぬ異世界エルフ、アリエルとて、その扉が外へ通じていることぐらい、容易に感じ取れるはずだった。

だが。

「……」

果たしてアリエルは、外の冷たい風を感じ取るや、いそいそと忍《しのぶ》へ寄り添うよう移動し、改めて頭を抱《かか》えた。

「出ないな」

「うん」

その後、五分待っても、十分待っても、アリエルが出て行こうとする様子はない。

忍の隣で頭を抱えて、かたかたと震えるばかりである。

「驚いたな。どんな魔法を使った、義光《よしみつ》」

「……いや、その、分かんないの?」

「ああ」

天を仰ぎ、呆《あき》れ返る義光。

「見れば分かるでしょ」

「ふむ」

改めて見やると、アリエルは丁度玄関扉と対角になる、玄関扉から忍に庇《かば》われるような位置で、頭を抱えうずくまっている。

「そうか。風が思いのほか冷たかったので、俺を盾にしているんだな」

「あぁー」

頭を抱える義光。

「どうした、義光」

「真面目《まじめ》に考えてよ。忍もさっき魔法水のくだりで、同じようなこと言ってたでしょ」

恐らくアリエルからすれば、突然放り出されたこの地球。

如何《いか》に地球の人類が敵意を向けず、もてなしてくれようと、根源的な恐怖は拭《ぬぐ》えまい。

ましてや、辛《かろ》うじて安寧を保つ今の環境を自ら壊してどこかに行こうなどと、地球のど真ん中でたった一人の異世界エルフは、果たして考えるだろうか。

「アリエルちゃんだって、不安なんだ」

「……」

忍《しのぶ》は答えない。

義光《よしみつ》も、それ以上は、何も言わない。

「……」

当然だろう。

いくら中田《なかた》忍が、ミジンコに近い情緒不足のポンコツ機械生命体であろうと。

孤独な異世界エルフの心情を想《おも》った上で無視できるほど、冷酷な人間ではないのだから。

「……仕事を休むか辞めて、傍にいてやるべきだろうか」

「そしたら、忍もアリエルちゃんも生きていけないでしょ。少しは我慢して貰《もら》おう」

「そうだな」

少しだけ逡巡《しゅんじゅん》しながら、立ち上がる忍。

「だが今は、もう少し甘やかしてやろう。留守番を任せるに当たり、ある程度の見込みを立てられたのだから、これ以上無為に不安を抱かせる必要はないはずだ」

「……そうだね」

にこやかに言いながら、玄関ドアを閉める義光。

冷たい風が止《や》んだことを感じ取ったのか、アリエルはちょいと玄関扉のほうを窺《うかが》った後、顔を上げていそいそと忍の傍《かたわ》らに寄り添う。

かわいい。

その状況を忍に伝えてやろうとした、義光だったが。

「……あ、ひと段落ついたしトイレいいかな。冷たい風浴びたら、ちょっとさ」

「ああ……」

軽く応じかけた忍の表情が、一瞬にして固まる。

「どうしたの？」

「義光、落ち着いて聞いてくれ」

「？　……うん」

「そして俺と一緒に、思い出して欲しいんだが」

「うん」

「アリエルが俺の家に来て、どのくらい経《た》っている」

「……えっと、電話を貰ったのが金曜日の午前〇時過ぎくらいで、今が土曜日の朝九時ちょっと過ぎたところだから……ざっと計算して、三十三時間ぐらいかな」

「そうだよな。三十時間は過ぎているよな」

「……うん」

「……なあ、義光、思い出して欲しいんだ」

「アリエルは、この世界に来てから、一度でもトイレを使っていたか？」

◇◆◇◆◇◆◇

「……遊びに来るとは言いましたけど、昨日の今日はちょっと酷《ひど》くないですか？」

なんだかんだと文句を言いつつも、急な招集にも即座に応じる、優しい由奈《ゆな》であった。

そして、家中に貼《は》られた〝止〟マークについては、一切触れるつもりがないらしい。

いちいちツッコんでいては、流石《さすが》の由奈でも身が持たないと判断したのだろう。

妥当である。

ただ、備蓄水に貼られたアリエルちゃんマークを目にした瞬間だけは、なんとなくパクチーを噛《か》み潰《つぶ》した黒猫のような表情をしていたなと義光《よしみつ》は思った。

妥当である。

「非礼は承知だ。だが事態はあまりにも急を要する」

そんな由奈の様子を一切気にせず、憔悴《しょうすい》した表情で語り掛ける忍《しのぶ》。

「まあ、異世界から来たなんて言うんだったら、来たばかりの今が一番色々あるんだろうなあ、とは想像してましたから。別にいいんですけど」

「すまない」

「それで、私は何をすればいいんですか？」

「ああ。早速だがアリエルの服を脱がせて、股間《こかん》を確認して貰《もら》いたい」

「そんなのテメエで確認して下さいよ。ブッ殺されたいんですか」

　義光が、火の玉ストレートをぶん投げた忍にも、それを殺人ライナーで叩《たた》き返してきた由奈に対してもビビっていた。

「初対面のアリエルのおっぱい揉《も》んだんでしょうが。今さら股間を覗《のぞ》くぐらいで怖気付《おじけづ》かないで貰えませんか」

　ちなみに今回由奈が来訪した際、アリエルは挨拶《あいさつ》代わりに由奈の乳房を揉みにかかったが、忍と由奈にそれぞれ制止された。

　やや不満、かつ不思議そうな表情を浮かべたかのように見えたアリエルだったが、すぐに落ち着いたところを見ると、あれは初対面の挨拶か、それと同等の喜びを共有するときだけの仕草、とでも納得してくれたのだろう。

「乳房と女性器では難易度が違うだろう。片や生殖器だぞ」

「大して変わりゃしませんよ」

「アリエルが、君ほど性に大らかならいいんだがな」

「私だって！　別に！！　大らかじゃ！！　ありません！！！　よッ！！！！」

　騒ぎながらも帰ろうとはしない由奈の様子に、義光はこの子本当はいい子なんだなあと思ったとか思わなかったとか。

「……それって、私が女性器を見たところで、何か解決するんでしょうか」

相変わらず、事情を説明してからの由奈《ゆな》の理解は素早く、深い。

それならば最初から事情を説明して呼べばいいのだが、由奈のほうもろくに話を聞かず現場を訪れているので、一概に忍《しのぶ》を責められない。

「尿道口、あるいは肛門の有無の確認は重要だろう」

「論点がズレてませんか。今重要なのは、アリエルが尿と大便を排出するのか否《いな》か。するのならば、何故《なぜ》今は排便しないのか、その二点ですよね」

「ふむ」

「別に股間《こかん》を確認する必要はないし、仮に尿道口と肛門があっても、即座の排便を結論付けるのは短絡的じゃないでしょうか」

「！　そうか、アリエルは異世界エルフだからな。代謝のサイクルが長く、丸三日くらい排便しない可能性は当然存在する」

「しっかりして下さい忍センパイ。排便くらいで慌ててるようじゃ、この先色々と大変ですよ」

「そうは言うが、今日も朝から大変だったんだ」

「何がです」

「アリエルの除湿性能にやられて、俺と義光《よしみつ》の喉が乾燥した」

「すみません、一応確認なんですけど、その話真面目《まじめ》に聞く価値あります？」

「無論だ。君の貴重な時間を奪っている以上、余計な手間を取らせるつもりはない」

「まあそうですよね。だからこそ最悪なんですけど」

「アリエルが何もない空中から、謎《なぞ》の水球を創《つく》り出してな」

「それが異世界エルフ的おしっこだったんじゃないんですか？」

「馬鹿《ばか》を言うな。俺は飲んでしまった後だぞ」

「知りませんよそんなこと」

「俺の身命を賭《と》して断言しよう。あれは尿などではなく、部屋中から集められた湿気だ」

「はいはい、じゃあそれでいいですよ。良かったですねおしっこじゃなくて」

見る人が見れば楽しそうに、普通に見ればおかしい感じで揉《も》めている二人を尻目《しりめ》に、取り残された義光がアリエルの様子を見やる。

アリエルは、せっかく再会できた由奈が相手をしてくれないためか、少し寂しそうに見えた。愁いを匂《にお》わす横顔は、まるで異国のアイドルのようで、義光の心を柔らかく刺激する。

「……アイドルはトイレに行かない」

ぼそりとつぶやいた義光の言葉に、二人の動きが止まる。

「……なんだと？」

「あ……いや、アイドルはトイレに行かないって言うじゃん。もしかしたら異世界エルフもそうなんじゃないかって、ふと思っただけで、ははははは」

「……義光《よしみつ》サン、それはちょっと、どうなんでしょう」

「義光、気持ちは分かるが、どんなに優秀な消化器官があっても、食物を完全に消化しきることは難しいんだ。その残りカスはもちろん、体内の老廃物もなんらかの形で処理されなければ、身体《からだ》に悪影響を与える。助教のお前が知らんはずもないだろうに」

寄ってたかって可哀想《かわいそう》な人扱いされた義光は、とても悲しい気持ちになるのだった。

しかしその尊い犠牲は、忍《しのぶ》に新たなインスピレーションを与えていた。

「……なんらかの形で処理されなければ、身体に悪影響を与える、か」

「何か引っかかるんですか、忍センパイ」

「ああ。《エルフ》の代謝のサイクルが長いかもしれない、と俺は言ったが、それではアリエルが俺たちと同じ食事を摂《と》れた説明がつかない」

「……まあ、低代謝で生きていけるなら、私たちと同じ量の食事はいりませんよね。それに代謝が少ないなら、私たちより動きは緩慢なのが道理です」

「そう。それに、代謝が低いのに同じ量の食事を摂れば、むしろ吸収し切ることができず、未消化のまま即座に排便されることだろう」

「だけど、その……しちゃった形跡は、どこにもないんでしょう?」

「ああ。無臭の排泄物をどこかに隠しているなら、また話は別なんだが」

考えようによっては物凄《すご》い侮辱を受けているとも言える当のアリエルは、由奈《ゆな》がお土産に持ってきた子供用のパズルに興味深々であった。

40ピース程度で構成される、自然の風景を象った、簡素なジグソーパズル。

言語のコミュニケーションこそ難航しているが、元々高い知性を持っている様子のアリエルは、パズルの存在意義と目的をすぐに理解した様子で、みるみるうちに完成へと近づけていく。

「無臭の排泄物なんて、存在し得るんですか」

「どうだろうな。有機物の腐敗臭などを除けば、大便臭の主な原因は大腸菌だ。奴《やつ》らの発するガス臭さえなければ、無臭の放屁《ほうひ》すら存在し得る……」

「……」

不意に、二人が黙り込む。

時を同じくアリエルが、パズルの中央へ最後のピースをはめ込んだ。

「……ど、どうしたのさ二人とも、急に黙り込んで」

そう口に出す義光は、実は二人が何を考え付いたのか、なんとなく想像が付いていた。

だが、どうしてもそれを口に出したくなかったので、二人が何か違うことを思い浮かべていますようにと祈りながら、言葉を促したのだ。

果たして、その願いは裏切られることとなる。

「こうは考えられないか、義光」

「……なんだい、忍」

「アリエルはその全身から、常に微粒子レベルの排便を行っている」

「アリエル!!」

パズルを完成させた喜びを表現する手段を知らず、とりあえず自分の名前だと思われる単語を、快哉《かいさい》を叫ぶが如《ごと》く口にするアリエル。

できればあり得ないと叫んでほしかったな、とか、下らないことを考えてしまったのは、果たして義光《よしみつ》だけだったのだろうか。

◇◆◇◆◇◆◇

「全身微粒子排便は却下しようよ。さっきの水とかフォウって出る奴《やつ》も変な感じになるじゃん」

「俺は構わんが、対案は用意して貰《もら》えると考えていいのか」

「……き、きっと精霊さんが、色々穏便に処理してくれてるんじゃないかな」

「義光の発想は乙女のようだな。流石《さすが》に納得できん」

「魔法使うんですよね。エネルギーを賄《まかな》うために、消化器が凄《すご》いんじゃないですか」

「食道の先に原子炉があると？」

「なんでもいいですけど。体表から排泄物噴出してるよりマシですよね」

「ならばむしろ、魔法は排泄物を消費して発動している、と考えるのはどうだ」

「だから止《や》めなよそういうの。魔法がお尻《しり》から出るタイプみたいじゃん」

「……ならば、やはり尻から出るのは排泄物か」

「まあ、調子もありますからね。極度の緊張で引き締まってるのかもしれません」

「僕たちに気を遣ってるんだよ。精霊さんがだめなら……魔法で排泄物を転送するゲートを、常に股間《こかん》へ展開してるとか」

「面白いじゃないか。超時空オムツ論と名付けよう」

「やだ義光サン最低。人間としての矜持《きょうじ》とか、ネーミングセンスとかないんですか」

「ちょっと待って。僕が責められるのおかしくない？」

「不満は分かるが、今は論議を進めよう。ウサギのように便を再食した可能性は？」

「ウサギより遥《はる》かにタチが悪い。考え直して下さい」

「では……アリエルが代謝の低い長命種のエルフだと仮定して、排便は数十年に一度しか行われない、特別な催事と捉えられているのかもしれん」

「大便使様降臨《だいべんしさまこうりん》だね」

「……」

「……」

「え、ごめん何かマズかった？」

「忍《しのぶ》センパイ、お任せします」

「義光《よしみつ》、お前は疲れているんだ。ここは俺たちに任せて、少し休め」

「……」

◇◆◇◆◇◆◇

「皆、概《おおむ》ね意見は出し切れたか」

ノートから視線を上げた忍が、流石《さすが》に疲れた様子で呟く。

アリエルはと言えば、紙とボールペンに興味津々の様子で、貸して欲しそうに忍を見上げているが、忍のほうがそれどころではなかった。

「……実のない時間でした」

「たとえ目立った成果が得られなくとも、意見の交換は意義深いものだ。ブレーンストーミングは、一ノ瀬《いちのせ》君も採用試験のときに経験しているだろう」

「そうですね。忍センパイの脳内ストーミングも、少し落ち着けばいいんですけどね」

「きついことを言う」

「だってそうでしょう。せっかくの土曜日に呼びつけられた挙句、異世界エルフのお花摘みについて熱く語り合わされた私の気持ちが想像できますか」

「割と楽しそうだったと思ったが」

「思っても言わないで貰《もら》えますか」

「それはすまない。しかし、大事な話なんだ」

「……まあ、分かりますけど」

分かるのかよ、とツッコミそうになった義光だが、一応真面目《まじめ》な話の流れのようだったのでギリギリ耐えた。

「排便の問題さえ解決すれば、アリエル一人でお留守番できますもんね」

「ああ。食事とトイレと暇つぶしと、勝手に逃げ出さない環境。ハムスターを飼うようにはいかないだろうが、これで最低限、一人で置いておける環境は整う」

なんでわざわざハムスターと比べたんだろう……と思う義光だったが、詳しく解説されても面倒なだけなので、ぐっと我慢した。

「義光はどう思う」

「えっ」

急に話を振られた義光は、言葉に詰まってしまう。

義光とて、やる気がないわけでも、不貞腐れているわけでもない。

ただ、忍《しのぶ》や由奈《ゆな》に比べて大人しい、悪く言えば常識人の義光《よしみつ》の意見が、ことこの場では採用されづらいのは事実であった。

何せ、相手は異世界エルフである。

この地球の常識で立ち向かうには、あまりに異質な存在なのだ。

「ごめん忍。僕も真剣に考えてはいるけど、忍たちみたいに斬新なアイデアが出せそうにない」

「アイドルがトイレに行かないって意見は十分斬新ですよ。麻痺してませんか、義光サン」

「……そうかもしれないね」

道理である。

「斬新だから正解、というものでもないだろう。異世界エルフは俺たちの常識の外にいるが、完全に外に出ている訳でもない。今回の件だって、実はなんでもない、地球の常識内で説明できる理由から排便しないのかもしれん」

「まあ、そりゃ、そうなんだけどさ」

「少なくとも俺は、義光が頼りになると思いこの場にいて貰《もら》っているし、参考にしたいから意見を話して欲しいと願っている」

「……うん」

「変に気負う必要などない。迷惑をかけているのは、どう考えても俺のほうだからな。アリエルの排便メカニズムを解明するために、なんだっていい。アイデアを提供してくれないか」

「……」

義光が押し黙ったのは、意見を口にするか悩んだか、はたまた照れ臭くなったのか。

もしかしたら、ふと忍の発言を冷静に吟味《ぎんみ》してしまい、急に全てが馬鹿馬鹿《ばか》しくなった可能性もあるが、それは一番ヤバイ。

「……」

「……」

「……アリエルちゃんが排泄をするタイプの生き物だった場合に、アリエルちゃん一人で対処する手段を用意できれば、状況はぐっと良くなるよね？」

「ああ、そうだな」

「……義光サン」

「……うん、あんまり、自信ないけどさ」

「ひとつ、僕に考えがあるんだ」

◇◆◇◆◇◆◇

数時間後。

トイレの前に立たされたアリエルは、空気の変化を感じ取ったのか、どこかそわそわしているように見えた。

右手にアリエルちゃんマークのカード、左手には〝止〟のカードを持たされている。

対峙《たいじ》するのは、直樹義光《なおきよしみつ》。

「一ノ瀬《いちのせ》さん、例のものを」

「はい」

義光自身が街に出て仕入れてきた、紙袋に収めたままの状態の〝それ〟を、由奈《ゆな》が手渡す。

「忍《しのぶ》」

「うむ」

忍は、元交際相手が買ってきて置いたままにしていたＢＢＱセットから、炭を挟むためのトングを取り出し、義光に渡した。

「じゃあ、行くよ」

「ああ」

「……はい」

「……？」

不思議そうな表情で、義光を見上げるアリエルに対し、義光は。

「これで……どうだッ！」

紙袋にトングを突っ込んで、挟み取り出した〝それ〟を、突き付けた。

「――！！！！！？！？！！？」

邂逅《かいこう》当日は徹底的な無表情、今も少しは綻《ほころ》んできたとはいえ、表情らしい表情を見せていなかったアリエルが、驚いて1メートル近く飛びずさり、大変な勢いで〝止〟マークを振りかざし、〝それ〟から逃れようとする。

「……おぉー」

「これは……」

「……うん、これで分かった。アリエルちゃんには、少なくとも排泄物の概念がある」

真剣な表情で義光がかざすトングの先には、ご立派な黒かりんとうが挟まっていた。

形は極太、不規則にデコボコした表面、特有のマットな質感。

何がどうとは言わないが、何処《どこ》を取ってもそれらしい、まさにそれはあれなアレであった。

「ちなみに、正直触れたくなかったんですが、その排泄物じみた奴《やつ》はなんですか？」

「かりんとうだ。知らないのか」

「バーカ。アリエルが掲げてない、もう一枚のカードの話ですよ」

「……俺が描いたアリエルちゃんマークだ。〝ＧＯ《してもよい》〟の意味を紐《ひも》づけしている」

「そうですか」

これ以上この件には関わらないでおこうという、由奈《ゆな》の強い意志が感じられた。

「それで、義光《よしみつ》。どういうことなんだ」

「ああ、説明が必要だよね」

アリエルの視界から黒かりんとうを外さないまま、義光が答える。

「忍《しのぶ》の言うように、アリエルちゃんの排泄物に関する生態を確定できれば一番いいんだけど、それには限界がある。今必要なのは、一ノ瀬《いちのせ》さんが言ったように、生態を解明することよりも、目の前の排泄問題に対処することなんだ」

「それがその、ご立派な黒かりんとうと、どう繋《つな》がるんですか」

「人類にはアリエルちゃんの生態も、異世界の文化も分からない。だからまず、アリエルちゃん自身の気持ちを利用して、事実を確認できればいいと思った」

「……あ、こっちの大便に似たものを嫌《いや》がるようなら、少なくともアリエルに大便に類する排泄物の認識はあると判断できる、ってことですか？」

果たして黒かりんとうが大便に似ているのか否《いな》かと言えば「物による」という辺りが落とし所なのだろうが、少なくとも今義光が突きつけている黒かりんとうは、義光自身が吟味《ぎんみ》を重ねて買い揃《そろ》えた、実に〝らしい〟感じのそれであり、アリエルもひどく恐れている様子なので、つまりはそういうことであった。

「分からんな。それならば、実際の大便を使ったほうが効率的だろう」

「……誰の大便を、誰がちらつかせるのか考えての発言ですよね、忍センパイ？」

「？　別に俺が俺の大便を使えばいいんじゃないか」

「冗談はアリエルちゃんマークだけにして、黙って義光サンに全てを任せてください」

「……」

由奈の言葉の意味は分からなかったが、自分とアリエルちゃんマークが物凄《すご》く馬鹿《ばか》にされたのだという真意だけ掴《つか》んだ忍は、素直に黙った。

「ヒウッ……ピウッ……」

一方アリエルは、意味ありげにちらつかされる黒かりんとうを前にして、小さく震えながら〝止〟マークを振り回し続けている。

「このままじゃ、アリエルちゃんに大便の知識があるのは分かるけど、アリエルちゃんが大便をするかは分からない。自分はしなくても、異世界の動物は排泄するから知っている、とか、そういうパターンもあり得るからね」

「ッ!!」

名前を呼ばれたのだと誤解したか、より一層身を縮めるアリエル。

「だから、アリエルちゃんが排泄をしようとしまいと」

言いながら、義光はガチャリとトイレの扉を開く。

その音に、アリエルが少しだけ顔を上げ、義光《よしみつ》とかりんとうのほうを向き。

「始末の方法さえ教えてあげれば、問題は解決するんだ」

ポチャン
トングから離れた黒かりんとうが、洋便器の中に沈む。

「……?」

おそるおそる、といった様子で、便器を覗《のぞ》き込むアリエル。

ご立派な黒かりんとうは、便器の水と少しずつ混じり合い、より〝らしさ〟を高めていた。

そして。

「ふんっ」

ジャー
「……ホォォォ」

水洗レバーが回されるや否《いな》や、黒かりんとうは瞬く間に便器の奥へ呑《の》み込まれ、アリエルの口から感嘆の声が漏れた。

「うむ」

新たなアリエルちゃんマークを取り出した忍《しのぶ》が、水洗レバーにぺたりと貼《は》り付けた。

「ありがと。でもこのままじゃ、日中にレバーを悪戯《いたずら》しちゃうかな。トイレも詰まるかも」

「大便を溜め込んで死なれるよりマシさ。助かったよ、義光」

「なーんだ。結局私、必要なかった感じですね」

「そんなことないよ。一ノ瀬《いちのせ》さんの協力がなかったら、こんな方法思い付けてたかどうか」

義光は照れたように頭を掻いて、忍と由奈《ゆな》は問題の解決に喜び、アリエルは水洗トイレの神秘に目を輝かせていた。


穏やかな時間。

一瞬の気のゆるみ。

安堵感という名の毒薬。


予兆はあった。


しっかり食事を摂《と》らないと、調子を崩してしまう義光。

時間はもう土曜日の夕暮れ前で、忍と義光は金曜日の夕方にカレーを食べて以来、飲まず食わずで問題の解決に奔走していた。

そしてそこには、手にするだけで食べられる〝それ〟があり〝それ〟は最も握られてはいけない者の手に握られていた。

穏やかな時間。

一瞬の気のゆるみ。

安堵感という名の毒薬。


誰も、何も警戒していなかった。

それぐらい、本当に、なんの気なしの動作だった。

だから誰も止めようとしなかったし、止められなかった。

「……ふぅ」

義光《よしみつ》は紙袋に手を突っ込み、大きめの黒かりんとうを取り出して。

「…………？！！！！！！？？！？！？！？？」

ふと視線を上げたアリエルが、自分の姿を見て絶句していることにも気付かずに。

さくっ

一口で、口腔《こうくう》内に収めてしまった。

「うん、甘くておいしい」

「……いや、まずいぞ」

「そんなことないって。見た目は確かにアレだけど、本格的な奴《やつ》だからお味は」

「その見た目が問題なんだ。お前は今、何を口にした」

「何、って……」

義光の表情がみるみる絶望に染まり、忍《しのぶ》は深く項垂《うなだ》れる。

仕方あるまい。

忍の知恵の回転も、時の流れへ逆らえるほど、速くはないのだ。

「アリエル、大丈夫だからね、大丈夫」

敏速に状況を把握した由奈《ゆな》のフォローも、どれだけ届いているか分からない。

アリエルは己の肩をかき抱き、無表情のまま、凄絶《せいぜつ》な眼差《まなざ》しで義光を見つめている。

「あ……の、アリエルちゃ」

「ヨシミツ」

アリエルの声色は、不自然なまでに穏やかだ。

そして何より、次の瞬間。

とびきりの異様が、忍たちの視線を奪う。

異世界エルフが、微笑《ほほえ》んだ。

忍《しのぶ》との邂逅《かいこう》から今の今まで、ほぼほぼ無表情を貫いてきたアリエルが。

驚いたときも喜んだときも怯《おび》えたときも、表情だけはほとんど変えなかったアリエルが。

瞼《まぶた》を震わせ、噴き出しそうな感情を抑えるかのように、ただぎこちなく。

あからさまにそれと分かる笑顔で、義光《よしみつ》へと微笑《ほほえ》みかけたのだ。

「ご存じないかもしれませんが、あれは作り笑いって言うんですよ、忍センパイ」

「ああ。心遣い痛み入る」

侮辱だか助言だかハッキリしない注釈に礼を述べ、忍はますます知恵の回転を速める。

だが、先に動いたのは、アリエルだった。

たどたどしい足取りで、義光に近づいたかと思えば。

「ウゥー!!」

　ガサガサガサッ
「え……?」

義光の手から紙袋を奪い取り、そそくさと後ずさった。

そして。

「アゥ……アウゥ……」

作り笑顔を、崩さないまま。

アリエルは器用に紙袋を揉《も》んで押し上げ、決して中身に手を触れないよう、そのマットな茶色の先端部分を露出させた。

　断言せねばなるまい。

　その風体は、正に排泄物のそれであった。

　アリエルは茶色の先端を前に、可憐《かれん》な唇を開く。

「アリエルちゃん、突然どうして」

「負の同調行動、とでも言うべきか」

　仏頂面《ぶっちょうづら》を歪《ゆが》め、歯噛《が》みする忍。

「アリエルは義光の仕草を見て、自身も同じ行動を取らねばならんと察したんだ。排泄物もどきと忌避《きひ》するそれを、笑顔で頬張《ほおば》る決意を、固めたんだ」

「そんな!!」

「アッフ……アッフ」

　作り笑顔のまま、唇をいっぱいに近づけて。

　されど、咀嚼《そしゃく》は叶《かな》わない。

　アリエルにとって守るべき大事な何かが、最後の一線を、越えさせない。

「だったらっ！」

手近なアリエルちゃんマークを剝《は》がし、掲げようとした由奈《ゆな》の腕を、間一髪で忍《しのぶ》が掴《つか》んだ。

「どうして止めるんですか、忍センパイ！」

「アリエルが排泄物と認識している物を、俺たちが進んで食わせてどうする。今度こそ決定的な断絶を招きかねんぞ」

「でも、甘くて美味《おい》しいじゃないですか。一口食べれば誤解だって」

「馬鹿《ばか》を言うな。仮に甘くて美味《うま》ければ、君は排泄物を口にするのか」

状況が混沌とすればするほど、ブレのない忍の知見は輝く。

由奈も素直に頷《うなず》き、アリエルちゃんマークを懐へ納めた。

「アッフ、アッフ、アッフ、アッフ……！」

「もうよせ」

忍が一歩進み出て、アリエルからかりんとう袋を取り上げる。

「ア……」

揺れる碧眼《へきがん》が映すのは、救われた安堵ばかりではあるまい。

今も拭《ぬぐ》えずへばりつく、ヒトに抱いた昏《くら》い畏《おそ》れか。

あるいは、同調の期待に背《そむ》いた自責と、見放される焦燥への恐れか。

忍には、もちろん分からなかった。

だが、今は。

「アリエル。こっちだ」

忍《しのぶ》はあえて寝室の扉を開け放ち、アリエルちゃんマークを示した。

「……ウゥー」

一も二もなくアリエルが飛び込んだところで、忍はそっと扉を閉める。

「えっ」

「忍センパイ、どうして」

「アリエルが精神的負荷を暴発させ、飛行魔法で外に出るような事態になれば、もはや穏便な収拾は不可能だ。敢《あ》えて宅内に逃げ場を用意してやり、時間を掛けて対話を進めれば……」

言いかける、忍の足元で。

スッ

「……あ」

「……あら」

「……そう来るか」

寝室の扉には、下側に数ミリ程度の隙間《すきま》があった。

そこから差し出された、一枚のカード。

異世界エルフへと提供した、意思表示のツール。
〝止〟マーク。
異世界エルフが表す、拒絶のサイン。

第四話　エルフと午前０時

十一月十八日土曜日、午後十一時二十三分。

言い換えれば、中田忍《なかたしのぶ》の出勤リミットまで、約三十時間。

忍、義光《よしみつ》、由奈《ゆな》のいるダイニングテーブルは、泥のような悲壮感に包まれていた。

「向き合おう。事態は深刻だ」

言いつつも、忍は傍《かたわ》らで俯《うつむ》く義光へ、気遣いの眼差《まなざ》しを送る。

別段、不思議な話でもあるまい。

職場における蔑称《べつしょう》が〝魔王〟〝爬虫類《はちゅうるい》〟〝機械生命体〟〝半ば課長《ナカチョウ》〟だろうと、中田忍は他人を許せる、一応ちゃんとした社会人なのだ。

ましてやその相手が、憔悴《しょうすい》し消沈した無二の親友、直樹《なおき》義光であるのなら。

「……その、ほんとゴメン」

「……すまん、俺も少し混乱しているようだ。今のは現状確認で、お前を責める意図はない」

「でも、僕がウンコなんて食べたから」

『ヒッ……』

扉越しのアリエルが呻《うめ》いた。

「せめて正気を保って下さい、義光サン」

「あ……そうだね、ごめん。僕はウンコなんて食べてない」

『ヒッ……!!』

扉越しのアリエルが呻いた。

「義光」

「……」

きつく目を閉じる、直樹義光。

「ところでアリエルは……その、アレ……のこと、ウン……って理解してるんでしょうか」

「例の物を取り出したとき、義光が『うん、これで分かった』と口にしていたからな。未《いま》だ推論段階ではあるが、何かの関連があると見ていいはずだ」

「はあ。どうでもいいですけど、記憶力だけは凄《すご》いんですね」

「恐縮だ」

「……ごめん」

いよいよ項垂《うなだ》れる義光を、これ以上誰も慰められない。

仕方のないことだろう。

『……』

忍たちの眼前で、寝室の扉は、かっちりと閉ざされている。

極めてシンプルな状況だ。

先ほど、唖然《あぜん》とするアリエルに気付かぬまま、それはそれは美味《おい》しそうに黒かりんとうを頬《ほお》張《ば》って笑顔を見せた義光《よしみつ》は、たちまちアリエルにとって恐怖の対象になった、らしい。

無理もあるまい。

笑顔でウンコを食べるのが好きな人には大変申し訳ないことだが、笑顔でウンコを食べる人とあまり仲良くなりたくないのは、大勢の意見として多数派であるはずだ。

また、閉じ籠《こも》ったアリエルからは、この時間まで有為なリアクションを引き出せていない。

義光が足音を響かせたり、義光が少し大きな声を出す度に『ヒッ』という悲痛な呻《うめ》きが返ってくるぐらいである。

加えて言えば、アリエルが閉じ籠った部屋は〝暮らしやすい独房〟中田忍《なかたしのぶ》の寝室。

窓すら厳重に封じられた鉄壁の隔離空間は、中の様子を些《いささ》かも窺《うかが》わせない。

『お腹が空けば出てくるかもしれない』などという暢気《のんき》なアイデアは誰も言葉にしなかったし、事実そうした様子は一切なかった。

そして気になる、致命的な一点。

扉の隙間《すきま》から差し出された、一枚のカード。

アリエルへ与えた、二枚のうちひとつ。

〝止〟マーク。

人類と異世界エルフの間に示された、拒絶の宣告。

もちろん、忍たちもただ無為に手をこまねいていたわけではない。

様々な解決策が討議されたものの、何しろ『不浄の象徴として紹介したかりんとうを、メンバーの一人が笑顔で食べてしまった』事実は如何《いかん》ともしがたい。

あるいはもし、忍たちがその強権に任せて〝止〟マークを取り払い対話を強行した場合、そこに断絶が生まれてしまえば、関係の修復は二度と叶《かな》うまい。

よって、そろそろ日付が変わろうという時間帯になってなお、状況を打破する妙案は浮かばなかったのである。

ウンコだけに、手詰まりであった。

だが、普段どおりに仏頂面《ぶっちょうづら》の中田忍は、特に焦った様子を見せない。

むしろ、普段より落ち着いているかの如《ごと》く、スマートフォンと壁の時計を見比べていた。

そして。

「今日はお開きとしよう。後は俺のほうで対応しておく」

「……」

「……」

ただの友人や普通の部下なら、素直に承知したかもしれない。

だが今の相手は、十年来の親友たる直樹義光《なおきよしみつ》と、忍《しのぶ》の右腕たる才媛、一ノ瀬由奈《いちのせゆな》であった。

「それはできないよ、忍」

「お前が気に病むことはない」

「でも」

「皆が当事者として事に当たった以上、その責は皆で平等に負うべきだ。無論、この俺も含めてな」

「……忍」

「さっきの話ではないが、外出抑制の面から考えれば、むしろ状況は好転したとすら言える。水分の調達も自前でやれると分かった以上、後は扉の前へ食事でも置いておけば、当面の心配はなくなったと見ていいだろう」

「忍は、アリエルちゃんの尊厳を侵されないために、自力で保護することを決めたんでしょ。脅かして怯《おび》えさせて閉じ込めることと、意思を通じ合わせてお願いすることは、忍にとってもアリエルちゃんにとっても、絶対にイコールじゃない」

「突き詰めれば、俺の自己満足でしかないさ。未知の脅威を壁にする方法と、かりんとうで威迫する束縛。本質的に違いなど」

「忍センパイ」

何気ない調子で放たれた呼び掛けに、忍の言葉が止まる。

「私は別にいいんですけど、その論調は撤回したほうがいいんじゃないですか？」

「……何故《なぜ》だ」

「それが自分の為《ため》の偽悪だと気付けない程、義光サンは鈍くないでしょうから。お互い傷つく前に引っ込めたほうが、いくらも健全かと思いまして」

「……」

「……」

義光は、忍の為に。

忍は、義光の為に。

それ以上、何も言えない。

「まあ、色んな意味で気の毒ですから、義光サンを帰すのは賛成です。不本意ながら私が付き合って差し上げますので、どうぞ夜通しのたうち回って下さい」

「気持ちは有難いが、今回こそ君にも帰って貰《もら》うぞ」

「は？」

スッと細まる、由奈の猫目。

だが、獲物たる忍の仏頂面《ぶっちょうづら》は、些《いささ》かも揺らぐ様子がない。

「意味が分かりません。義光《よしみつ》サン以外に頼れる相手、私しかいないんでしょう」

「ああ。だが君の尊厳を踏《ふ》み躙《にじ》る不義を犯してまで、君の力を借りたくはない」

「それこそ偽悪じゃないですか」

「……ふむ」

「私だって、自分で関わると決めた以上、無傷で足抜けできるなんて思ってません。異世界エルフとの決定的な断絶を防ぐ大事な局面で、少しくらいの無茶は──」

「だが、君は嫁入り前の娘《レディ》だろう」

「……は?」

くっきり開かれる、由奈《ゆな》の猫目。

横で一部始終を目《ま》の当たりにしていた義光は、自責の念やら義務感やら何もかもを放り出し、逃げ出したい衝動を必死に抑えていた。

忍《しの》に聞けば、その抱《いだ》いている感情を『他人が強い恥ずかしさに晒《さら》されている場面を目にしたとき、あたかも自分がその恥ずかしさに直面したように錯覚する〝共感性羞恥《しゅうち》〟と呼ばれる心理作用の一種』と解説してくれただろうが、あいにく原因そのものが忍だったため、誰も解説してはくれない。

「嫁入り前の娘《レディ》を、交際相手でもない男の居室で一夜明かさせるなど、言語道断に過ぎる。まして睡眠時間すらも削らせ、化粧の剝《は》げ落ちつつある姿を晒させるなど、論外だ。独力で一晩頭を悩ませるほうが、幾らも常識に沿っていると考える」

「……」

絶句する由奈。

忍に一般常識の方向性から諭《さと》され、傷ついてしまったのだろうか。

もちろん忍は、普段どおりの仏頂面《ぶっちょうづら》を崩さないまま。

「俺からは以上だ。終電がなくなる前に帰りなさい」

「……いや、忍センパイ」

「どうした」

「異世界エルフと、断絶の危機なんですよね？」

「そうだな」

「あと一日でカタがつかなきゃ、世界か忍センパイの人生が危ないんですよね」

「そうだが」

「私の尊厳より重くありませんか、問題」

「同等に尊重されるべき課題と考え、吟味《ぎんみ》を重ね検討した結果、今回は君の帰宅を優先すべきだと結論した。異論を認めるつもりはないが、何かあるのか」

「……」

由奈の猫目が、忍を見上げる。

未《いま》だ動かぬ、〝止〟マーク。

時刻は、午後十一時四十七分。

◇◆◇◆◇◆◇

ドルン　ドルルン　ドルルルルン

オーナーたる義光《よしみつ》とは対照的な、古めのマニュアル車特有の荒々しいエンジン音を響かせつつ、銀色の車体が夜闇《よやみ》を裂き進む。

中古で手にした大学生時代から、野山を駆ける大学助教となった今でも大切に乗り続けている、遊び心の止まらない頑丈な大型車である。

どう考えても街乗りには不向きのサイズ感であり、マンションの来客用駐車場から出し入れするにも若干苦労していた様子だが、それに触れようとする人間は車内にいなかった。

「ありがとうございます、義光サン」

運転席の左後方から、義光の背中に向け、由奈《ゆな》は形ばかりの礼を言う。

「ほんと気にしないで。せっかく車で来てるんだし」

終電に間に合う時間とはいえ、すでに真夜中であり、由奈は嫁入り前の娘《レディ》であった。

突然常識を振りかざし始めた人類側のバケモノ、中田忍《なかたしのぶ》でなくても、できるだけ家の近くまで安全に送ってやりたいとは、義光だって考えるところだ。

そのせいで、どれだけ気まずい思いをしようとも。

「結局丸二日付き合わせちゃって、本当にごめんね」

「忍センパイならともかく、義光サンまで止《や》めて下さい。あくまで私は、自分が興味を持ったから、自分の意思で首を突っ込んでるだけなんで」

「……それは一ノ瀬《いちのせ》さんの言う、偽悪とは違うの？」

「もちろんです。こう見えて忍センパイよりは、器用に生きてるつもりですから」

「まあ、それはそうかもね」

義光自身が抱く中田忍のイメージと、由奈の抱いているであろう〝忍センパイ〟のイメージにブレがないことを感じて、義光は薄く笑った。

中田忍は、確信犯の偽悪者である。

確信犯とは、自らの信条に殉じ罪を犯す者。

偽悪者とは、己の目的を果たすため、敢《あ》えて悪を装う者。

そして中田忍は、果たすべき目的が大きければ大きいほど、自らに重い〝悪〟を課す。

繊細な部下の心を案じたら、自ら悪となり現実を叩《たた》き付け、陰から支えてやろうとする。

人類を護《まも》るためならば、異世界エルフを凍殺し、その罪を自分一人で背負おうとする。

失策で消沈する親友を気遣い、軽薄な言動でその責を自分への怒りに変えようとする。

中田忍《なかたしのぶ》は、異常者ではない。

ヒトと同じ、あるいは遥《はる》かに篤《あつ》い情を内に秘める、不器用な普通のヒトなのだ。


だから。

義光《よしみつ》は、由奈《ゆな》に問いかける。


「一ノ瀬《いちのせ》さんは」

「はい」

「……忍のこと、どう思ってるの？」

「異常者」

「……まあ、それも、本気なんだろうけどさ」

「ええ」

「忍のこと……凄《すご》く信じてる感じじゃない。どうしてだろうとちょっと思って」

「信じるっていうか、疑う余地がないだけです」

「……どういうこと？」

「忍《しのぶ》センパイ、職場で浮いてるっていうか、職場が忍センパイから浮いてる感じなんですが、頭おかしいのはともかく、誰より汗かいてますし、筋は通しますし、結果も出してます」

「……」

「信頼はしたくないですし、できませんが、信用のおける方だとは思ってますよ」

「……けどそれはあくまで、職業人としての忍に対する評価だよね」

「ええ、まあ」

「一ノ瀬《いちのせ》さんはそれだけの理由で、異世界エルフの存在を信じて、忍の家に来たの？」

「……それ、答えなくちゃいけませんか？」

「そうして欲しい。僕が聞いていい話じゃないとは思うんだけどね」

「……」

街灯もまばらな深夜の住宅街で目に映るのは、前照灯で照らされた先の風景だけ。

バックミラーを覗《のぞ》こうと、ハンドルを握る義光《よしみつ》から、由奈《ゆな》の表情は見えない。

「正直、異世界エルフがいるだのいないだのなんて、どうでも良かったんですよね」

「……そう、なの？」

「だって忍センパイは、どれだけ回り道をしても、最後は必ず正解に辿《たど》り着ける人ですから。

忍センパイがいるっていうなら、きっといるんだろうし、そうでなかったなら、そうでなかったなりの結末を、私に見せてくれると思いました」

「……」

「だから、どうでもいいんです」

「忍センパイが異世界エルフだって言うなら、それが私の正解」

銀色の武骨な大型車が、幹線道路へ乗り入れる。

されど今は、もう真夜中。

並走する車もまばらに、低いエンジン音だけが、車内へ響き渡っていた。

「一ノ瀬さん」

「はい」

「忍とアリエルちゃんのこと、よろしくお願いします」

それきり、答えはなく。

車は、夜闇《よやみ》を裂いて走り続ける。

◇◆◇◆◇◆◇

翌、十一月十九日日曜日、正午。

中田忍《なかたしのぶ》の出勤リミットまで、約十八時間。

カチャカチャ　ガチャッ

「おじゃましまーす」

由奈《ゆな》が躊躇《ちゆうちよ》なく玄関を開ければ、どっかりと床に胡坐《あぐら》をかき、寝室の扉前方1メートルで向き合う、中田忍の姿があった。

その姿勢は、昨夜と寸分違《たが》わぬように見え、今もこちらを向く様子はない。

突然の来訪者に少なからず衝撃を受けた様子だが、視線を寝室から外そうとしないのだ。

「一ノ瀬《いちのせ》君か」

「ええ。ごきげんよう」

「鍵を掛けていたはずなんだが」

「そう思って、あらかじめお借りしました。こちら、テーブルの上にお返ししておきますね」

言って由奈は、忍が唯一所有する玄関の鍵を、ダイニングテーブルへ転がした。

「一ノ瀬君」

「あ、誤解しないで下さい。お借りしたのは昨日の夜なんで。アリエルを運び込んだ黒幕が私だったとか、そういうアレじゃないんで」

「その点に関しては、今のところ心配していない」

「あら、どうしてでしょう」

「君が本気ならば、もっと上手《うま》くやるだろう」

「あえて隙《すき》を作ってるのかもしれませんよ」

「……時間が惜しい。手短に用件を話して貰《もら》えるか」

「ええ。扉は私も見てますから、まずはこちらを向いて頂けませんか」

「ふむ」

ここでようやく、忍が由奈に目を向ける。

由奈は鍵に続けて、両手に提げた黒い紙袋や半透明のビニール袋をダイニングテーブルに並べ、中身を取り出している最中であった。

「どうせ『アリエルに働きかける好機を見逃さんため、ひと時たりとも注意を逸《そ》らしてはならん』とか考えて、ご飯もトイレも我慢なさってるんでしょう」

「……」

当たっていた。

「不精ひげで身体《からだ》が臭う男性とお話しするのはあんまり好きじゃないんで、とりあえずシャワーを浴びて、身支度を整えてきて欲しいんですよ」

「いや、一ノ瀬《いちのせ》君」

「言われたとおり、夜は帰って昼間に来たんですから、もう文句ありませんよね?」

「そうではなく、君の誤解をひとつ正したい」

「はあ」

「食事はともかく、排便回りの環境は君の想像よりいくらかマトモだ。ペットボ——」

「聞きたくないんで。十秒目を瞑《つむ》っていて差し上げますから、今すぐに全部始末して下さい」

「待て一ノ瀬君。それでは監視に間隙が」

「忍《しのぶ》センパイ?」

「……分かった」

◇◆◇◆◇◆◇

「義光《よしみつ》サンは、その後いかがですか」

「今日も来ようかと言ってはくれたが、俺のほうから断った。君の言うとおり、義光にもアリエルにも気の毒なばかりだからな」

「妥当だと思います」

「うむ」

身支度を整え、由奈《ゆな》が買ってきたサンドイッチを頬張《ほおば》りながら、忍は仏頂面《ぶっちょうづら》で寝室の扉と〝止〟マークを睨《にら》み続けている。

蛍光灯に照らされた扉にも、外の光を反射する〝止〟マークにも、変化はない。

昨日はうっすらと響いていた呻《うめ》き声さえ、今日は聞こえてこない有様だ。

「アリエルのほう、ずっとこの調子ですか？」

「資料を作っておいた。見るか」

「えっ。いやです」

自分から話を振っておいて、本能的に身構えてしまう一ノ瀬由奈であった。

「……そうだな。これ以上君の厚意に甘えるのは、いい加減やりすぎというものだ。足を運ばせた後で申し訳ないが、せめて午後くらいは休みを」

「ああもう分かりましたよ。いいから見せて下さい。ひとつ貸しですからね」

自分から話を振っておいて、貸しまで作らせてしまう一ノ瀬由奈であった。

現に恩を受けている立場であり、無駄な抵抗が嫌いな忍は、大人しくノートを差し出した。

「付箋のページが今日の分だ。それより前は見ないで欲しい」

「今日のぶ……………ん」

そして、絶句する由奈《ゆな》。

《一一一八二三五六、義光《よしみつ》と一ノ瀬《いちのせ》君の帰宅開始を確認》

「最初の数字が月日と時刻だ。そこなら十一月十八日、二十三時五十六分と解釈してくれ。本件〝A〟はアリエルのことだ。文書が流出した際の危険性を勘案し、暗号とした」

「……」

忍《しのぶ》の丁寧な解説に罵倒《ばとう》を返すことすら忘れ、由奈の目は文章を追い続けてしまう。


《一一一八二三五六、義光と一ノ瀬君の帰宅開始を確認。

一ノ瀬君については、義光が自宅直近まで送り届けるとのこと。

有事の際は警察等へ即座に通報し、本件〝A〟については徹底秘匿《ひとく》するよう要請。

義光、一ノ瀬君、共に応諾。後方歩行により玄関鍵を施錠、扉の監視を継続。

これまでの間、〝A〟及び扉周辺に異状認めず。

一一一九〇一〇〇、〝A〟及び扉周辺に異状認めず。

一一一九〇一三八、渡り廊下側窓から寝室内部の確認を試みるが、目張りのため成果なし。
・以降一時間毎の経過記録に、渡り廊下側窓の状況も付記することとした。

一一九〇二〇〇、〝A〟及び扉周辺、窓周辺に異状認めず。

一一九〇三〇〇、〝A〟及び扉周辺、窓周辺に異状認めず。

一一九〇三四一、道路方向より原付バイクの走行音を確認。
・新聞配達業者と推認。対応必要なしと判断。〝A〟及び扉周辺、窓周辺に異状認めず。
一一九〇四〇〇、〝A〟及び扉周辺、窓周辺に異状認めず……》

「忍センパイ」

「どうした」

「これはなんですか?」

「俺が習慣としていた日記を転用し、アリエルと周囲の行動を記録している」

「ちょっと待って下さい」

「いいだろう」

「日記と言いましたか」

「ああ。内容がアリエル寄りになってはいるが、基本的なフォーマットは普段どおりだ」

「これを毎日?」

「小学校高学年頃から、中学生、高校生、大学生、社会人となった現在まで、記録する媒体こそ変遷してきたものの、おおむね毎日書き続けている」

「へえ。猟奇的ですね」

「どういう意味だ」

「言葉どおりですよ」

流石《さすが》の一ノ瀬由奈《いちのせゆな》も、これ以前の中身を確認する気にはなれなかった。

まあ、当然であろう。

今は危急の事態の最中であり、横道に逸《そ》れ心乱す余裕は、忍《しのぶ》にも由奈にもないはずなのだ。

「それよりこんな調子じゃ、結局昨日も徹夜だったんでしょう。サンドイッチ食べたら、少し仮眠でもいかがですか」

「そんな悠長な真似《まね》ができるか。もう日曜日の昼を回っているんだぞ」

「忍センパイひどい。ダブスタ。神経衰弱系クソ上司。寝不足で知能がナメクジに戻ってる。『休息も業務の一環だ。君たちには余暇を活用し、体力とモチベーションを回復した上で業務へ復帰する義務が与えられている。権利を行使して存分に休め』とか普段言ってるクセに」

「上司としての指示事項と、俺個人の勤務姿勢を重ねる必要はないだろう。少なくとも俺は、俺自身の発揮するパフォーマンスを、正しく評価できているつもりだが」

元ナメクジのレッテルを貼《は》られた忍は悪びれた風もなく、由奈の買い揃《そろ》えて来た品物の吟味《ぎんみ》に移っていた。

タクシー代等も含め、由奈から提出されたレシートの合計額を参照し、結構な代金と心付けの手間賃を支払い済みであると、忍の名誉の為《ため》に付記しておく。

「これは……防犯カメラのように見えるが」

「防犯カメラっていうか、ウェブカメラっていうか、そんな感じの奴《やつ》ですね。インターネットとスマートフォン経由で、どこからでも映像が確認できるらしいです。今みたいな状況とか、仕事中に家の様子を確認したいときには、便利かなと思いまして」

「確かにな。通信傍受や、ハッキングの可能性は？」

「あー、二段階認証だか暗号化がどうとか、ブイピーエヌなんちゃらをあれこれするといい感じになるみたいなんで、勝手に調べて下さい」

「ふむ。いいだろう」

匙《さじ》をブン投げるどころではない由奈の説明に、何故《なぜ》か忍は乗り気である。

　由奈もこういう忍を理解しているので、ろくに説明を記憶していないのだが。

「何台か買ってきたんで、取り付け場所とかはお任せしますケド。トイレなんかは押さえておけば、排便問題も解決するんじゃないですか？」

「家《うち》のトイレは、今後君も使うだろう。カメラが仕掛けられているトイレを使いたいのか」

「忍センパイが見なけりゃいいだけでしょうが」

「無論見ないが、可能性が生まれた時点で異常事態だ。そうでなくても、トイレにカメラを仕掛けるのは人の道理を外れている」

「はぁ、まあ、いいんですけど。一応言っておきます、お気遣いありがとうございます」

「気にするな。君へ援助を求めた以上、最大限の尽力で報いる義務が俺にはある」

忍《しのぶ》はあくまで寝室への注意を怠ることなく、仏頂面《ぶっちょうづら》でウェブカメラのマニュアルを開く。

それを見た由奈《ゆな》は、自分でも気付かないようなため息をついて、ゆっくり立ち上がった。

「しばらく一人で見てて下さい。私、ちょっと席外しますから」

「早速トイレか」

「死なせますよ?」

「すまない」

「……疲れちゃったんで、飲み物でも淹《い》れようかと」

一応確認しておくが、ここは中田《なかた》忍の自宅であり、存在する飲食物や食器類についても全て中田忍の管理下にあり、由奈が勝手に探り回る行為は人の道理に外れている。

ましてや勝手に飲み物を淹れようとするなど、普通に考えればあり得ない話であったが、由奈は少しも気にしていなかったし、忍にも指摘する気概はなかった。

「別に構わんが、この家にはポットどころかヤカンの用意もない。鍋で湯を沸《わ》かすぐらいしかできんぞ」

「ちなみに、普段飲み物淹れるときはどうしてるんですか?」

「都度ペットボトルを買うか、備蓄水か水道水を飲む。どうしても欲しくなったら喫茶店だな。半可通《はんかつう》を気取って無駄な金と手間を使うより、よほど合理的だと考える」

「へえ。まあそんなことだろうと思って、すぐ沸く奴《やつ》買って来ましたから、ご安心下さい」

「すぐ沸く奴」

ふと見れば、カウンターキッチンの端に、見覚えのない電気ケトルが設置されていた。

僅《わず》かな時間で大量の水を沸騰させられる、最新モデルである。

よく見れば電化製品のレシートに、しれっと記載されていた。

「ついでに、美味《おい》しいアップルパイとか、ちょっとお洒落《しゃれ》なティータイムセットも買ってきました。オーブントースターでカリッと温めて、バニラアイスのっけると美味しいんですけど、忍センパイもいかがです?」

「……ああ。頂くよ」

「はーい」

よく見れば食料品類のレシートに、しれっと織り交ぜられていた。

由奈は楽しそうに、白地に赤青二色のティーカップとソーサーを下洗いし始めている。

だが、中田忍は動じない。

この程度のイレギュラー、一ノ瀬《いちのせ》由奈を巻き込むに当たり、想定の範囲内であった。

「忍センパイは紅茶がいいですよね。ティーバッグですけど大丈夫ですか?」

「構わんが、俺が紅茶党だと知っていたのか」

「ええ、まあ。一緒に勤めさせて頂いて長いので、そのくらいは」

「ならばどうして、職場ではコーヒーを寄越すんだ」

「ホントは胃が荒れるからコーヒー嫌いなくせに、断り切れずに飲んじゃう忍《しのぶ》センパイを見るのが楽しいからですけど」

「なるほど。実に君らしい」

「ありがとうございます」

由奈《ゆな》は悪びれた様子もなく、電気ケトルいっぱいに水を入れ、スイッチを入れる。

次いで、買い込んできたクッキングシートへアップルパイを移し、元々設置されていたオーブントースターへ。

出力全開の1300ワット、外はカリッ、中はしっとり仕上げるのが由奈の好みであった。

「アイスはどうします？　ちょっと寒いですし、いらなきゃ私が食べるんですけど」

「……ああ、気が回らなかった。すまんな」

「え？」

由奈の返事を待たず、忍はリモコンに手を伸ばし、リビングの暖房を起動させた。


さて。

少し話は逸《そ》れるが、中田《なかた》家の電力事情について、ここでいったん整理しておこう。

由奈が勝手に購入してきた、膨大な熱量を注ぎ込み急速に湯を沸《わ》かす電気ケトル。

その消費電力は沸騰に近づくほど高まるが、平均して１２００ワット、12アンペア程度だと言えよう。

由奈のアップルパイが入ったオーブントースターは、出力全開１３００ワット、即ち13アンペアの電力を消費している。

そして、今は十一月十九日。

昼間とはいえ若干冷え込むこの時季、外から来た由奈の体調を案じた忍は、リビングの暖房を設定二十三度で起動させた。

集合住宅故に１００ボルト対応のエアコン、その暖房運転時電力使用量は１０００ワット、概《おおむ》ね10アンペアであり、初動の際はさらに多くの電力を消費する。

つまり。

同時利用電力35アンペア、プラス蛍光灯、冷蔵庫、その他諸々。

中田忍宅の電力契約、30アンペア。

バッツン

「む」

「あっ」

契約容量以上の電流が流れ、これを遮断するために、アンペアブレーカーが落ちた。

「忍《しのぶ》センパイのおドジ。キロワット馬鹿《ばか》。愚かなテントウムシ。ご家庭の合計消費電力も計算できないなんて、社会人失格もいいところですよ。オームの法則からやり直してください」

勝手に買い足した電気ケトルの存在など気にも留めず、ブレーカーの場所を尋ねるため、忍の傍に駆け寄ったところで。

「……え」

由奈《ゆな》もまた、異変に気付く。

「……」

忍は寝室の扉へ歩み寄り、静かに膝《ひざ》をついていた。

手近な布で鼻と口を塞《ふさ》ぎ、左手の動きだけで由奈の接近を制している。

果たして、その視線の先。

相変わらず冷たく鎮座する〝止〟マークの、すぐ傍《かたわ》らで。

蛍光灯が消えるまで分からなかった、淡く輝く〝何か〟が、扉の隙間《すきま》から漏れ出していた。

◇◆◇◆◇◆◇

奇妙な物体と呼ぶべきか、奇怪な現象と呼ぶべきか。

摺《す》りガラス越しに見る街灯のような、ぼんやり滲《にじ》んだ輝きそのものが、床面にじわりと広がっているのだ。

「もやもやして、ふわふわして……ちょっと神秘的な感じですね」

「確かにな。あるいはケ・セランパサランも、こんな風体だったのかもしれん」

「え、新しいエルフ語ですか？」

「世界中で目撃証言のある、白い毛玉のような物体だ。その正体については諸説あり、単なる植物の種や羽毛の塊だとするものや、動物の胆石とするもの、妖精《ようせい》や願いを叶《かな》える妖怪《ようかい》の類《たぐ》いとするものまで」

「ケサランパサランなら分かりますよ。急に紛らわしい話しないで下さい」

「……」

どことなくバツが悪そうな様子の忍は、掃除用のゴム手袋とＡ４用紙をうまく使い、輝きを大さじ三杯分ほど掬《すく》い取ることに成功した。

「掬えるんですか、ソレ」

「ああ。物理的に扱えるということは、少なくとも物体なのだろう」

「アリエル由来の……モノなんでしょうね」

「……そうだな」

明らかに言葉を選んでいる、忍《しのぶ》と由奈《ゆな》。

二人が何を想像しているのかは、彼らのみぞ知るところだ。

「確認したほうがいいんじゃないですか？」

「何をだ」

「私からはなんとも。忍センパイの思うようにして下さい」

「ふむ」

忍はＡ４用紙を目の高さまで上げ、別の角度から観察を始める。

「なるほどな」

「それで分かることあります？」

「ああ。見たところこれは、発光する綿埃《わたぼこり》だ」

「さすがは忍センパイのお家《うち》。ハウスダストすらユニークだなんて」

「君が俺をどう見ているのかは知らんが、俺の部屋も常々輝いているわけではない」

「でしょうね」

自分で振っておいて雑に捌《さば》き、由奈もまたＡ４用紙へ目線を合わせる。

見下ろす角度からでは認識しづらい、淡く光る綿毛のようなものがあると分かった。

「まだ推論段階だが、これは第二の埃魔法《ほこりまほう》の」

「ちょっと待ってください？」

「まだ何も話していないぞ」

一生懸命観察して色々考えたのに、初っ端《しょぱな》から話を遮《さえぎ》られてご不満の忍であった。

「ああ、すみません。いや、すみませんじゃないんですよ。なんですか、その、埃魔法って」

「アリエルの使う魔法のことだが」

「勝手にセンスのない名前つけるのやめて貰《もら》っていいですか」

「よく特徴を捉えているだろう」

「一応聞いてあげます。何が？」

「空気中の埃で水分を吸着し集める〝水の埃〟。輝く綿埃を生み出し照らす〝光の埃〟。実例が少ないので断言はできんが、エルフは誇り高いとも言うしな」

「つまり？」

「埃を意のままに操る、埃魔法」

「ははっ」

「……」

「とりあえずこれ、光の綿毛でいいですか？」

「……承知した」

普段どおりの仏頂面《ぶっちょうづら》に、どこか影を落としながら、忍《しのぶ》は光の綿毛を観察する。

子供の頃から先生の話をしっかり聞いていた忍は、『危険な薬品の匂《にお》いを嗅《か》ぐときは直接鼻を近づけず、軽く手で扇《あお》いで嗅ぐべき』という注意をちゃんと覚えており、片手で軽く扇いで風を送り、
フワッ
光の綿毛を巻き上げて、

「うおっ」

驚いた拍子に思いっきり吸い込み、

「うごっ‼　ごほっ‼　げぼっ！！！」

周囲をキラキラと輝かせながら、信じられないほど噎《む》せまくっていた。

◇◆◇◆◇◆◇

ブレーカーを上げ、少し早めのティータイムを始める頃になり、忍はようやく落ち着いた。

「光を封じ、外に禍《わざわい》を招く。さながら天岩戸《あまのいわと》に立て籠《こも》った、天照大御神《アマテラスオオミカミ》とでもいうところか」

古事記《こじき》に曰《いわ》く、陽《ひ》の神たる天照大御神が天岩戸へ引き籠った際、ヒトの世から光が喪《うしな》われ、様々な災いが巻き起こったらしい。

「だったら天鈿女命《アメノウズメノミコト》みたいに、裸踊りでも試してみます？」

その折、一計を案じた天鈿女命《アメノウズメノミコト》がほぼ全裸で踊り始めたため、周囲はやんやの大騒ぎ。天照大御神は外の様子が気になり、岩戸をちょっとだけ開けたところ、待ち構えていた者たちに引きずり出され、世界に光が戻ったのである。

「それで済むなら、俺が一肌でも二肌でも脱ごう」

「冗談ですよ。ここは私に任せて下さい」

「何を考えているんだ」

「何を考えたんですか」

「すまない」

余分な頭を下げる忍を、由奈《ゆな》は冷ややかに見下ろして、ぽつりと。

「寝室の監視は、暫《しばら》く私が受け持ちます。忍センパイはこの先に備えて、少しお休み下さい」

「それこそ悪い冗談だ。まるで道理を違《たが》えている」

「それが、そうでもないんですよ」

アップルパイをフォークで弄《もてあそ》ぶ由奈。

溶けたバニラアイスが、とろりと皿の上に広がった。

「忍センパイ、お疲れですよね。行動がいつもより非常識っていうか、単なるマヌケです」

「……」

「いくら自分を誤魔化せても、人間には限界ってものがあるんですからね」

「……すまない」

所詮《しょせん》機械生命体ではない忍《しのぶ》に、返せる言葉はなかった。

「もう日曜日の夕方近くで、光の綿毛はどう考えても異常事態です。強行突破にしろ、別案を考えるにしろ、忍センパイが万全じゃなくちゃ、解決できるものもできなくなります」

そこで由奈《ゆな》の手が止まり、忍はようやく俯《うつむ》いていた自分に気付く。

顔を上げれば、様子の変わらぬ寝室の扉、差し出されたままの〝止〟マーク。

「だが、君にそこまでさせる謂《いわ》れはない」

「できることをする、って言ってるんです」

そして、もうひとつ。

どこか気遣わしげな、一ノ瀬《いちのせ》由奈の眼差《まなざ》し。

「頼るって決めたなら、少しくらい信頼して下さっても、いいんじゃないですか?」


しばし忍は、言葉を失う。

由奈の肩越しに、壁掛け時計が見えた。


十一月十九日日曜日、午後二時三十八分。

中田《なかた》忍の出勤リミットまで、約十六時間。

◇◆◇◆◇◆◇

約十分後、午後二時五十一分。

「それじゃ、おやすみなさい」

「ああ。後を頼む」

スーッ　カタン

リビングダイニングと繋《つな》がる襖《ふすま》が閉ざされ、忍はひとりになった。

「……」

晩秋の夕暮れ前とはいえ、暗くなるにはまだ早い時間帯である。

義光《よしみつ》を泊まらせた、リビングダイニングとベランダに接する、この和室。

普段の寝室と違い目張りなどはなく、カーテンも薄手の安物を掛けているだけなので、照明を切ってなお、室内はうっすら明るかった。

――多くは望むまい。

快適な睡眠環境の構築へ見切りを付け、忍は敷布団のシーツを掛け替え始める。

由奈にはどこか外で休んでもいいと言われたが、そんな不義理を忍が呑《の》めるはずもなく、最低でも三時間は和室から出ないことを条件として、仮眠を約束するに至ったのだ。

今、アリエルがどのような心境で何を目論《もくろ》んでいるのか、光の綿毛がなぜ生まれているのかなど、忍《しのぶ》には皆目見当が付かない。

せめて人類やアリエルにとって、生命の危機を生ずるようなことがなければいいのだが、相手は異世界エルフである。

安全性の保障など、元よりありはしなかった。

「……」

焦りを無理矢理抑え込み、忍は布団に潜り込んだ。

やむを得ないきっかけだったとはいえ、協力を求めたのは忍自身。

それを自らの意思で応諾したと言う、一ノ瀬由奈《いちのせゆな》。

より良い結果へ至るべく、今はあえて休息に専念することを、忍は由奈と約束した。

ならば今は信じて任せ、求められた結果を出す以外、由奈へ報いる方法など、あるものか。

「……ふう」

覚悟を決め、忍は瞼《まぶた》を閉じる。

途端に襲う、身体《からだ》中の血液が沈み込むような感覚。

抗《あらが》おうとすら考えられず、急速に霧散する自意識。

自分が眠りを欲していたのだと、忍はようやく理解できた。

「……」

すでに四肢はおろか、瞳《ひとみ》すら動かせる自信がない。

瞼を閉じた暗闇《くらやみ》の中、襖《ふすま》の向こうにいる由奈と、その先の異世界エルフを感じる術《すべ》は、唯一聴覚のみ。

だが、どれだけ耳を澄ませても、外の様子は聞き取れない。

──好奇心は猫を殺すと、イギリスのことわざに語られているが。

──全てを忘れ、今はただ休むと、俺は俺の信義に従い、一ノ瀬君と約束したのだ。

──信義を破って踏み出したなら、俺は何に殺されるのか。

答えは解《わか》り切っていた。

そうなれば中田《なかた》忍が、自身の信念を殺すのだ。

──難儀なものだな。

忍は自嘲《じちょう》し、最後の思考を手放した。

◇◆◇◆◇◆◇

中田忍の眠りは、極めて浅い。

少し尿意を催したり、何か小さな物音が聞こえるだけで、すぐに目覚めてしまうのだ。

だからこそ普段の寝室には、目張りや本棚などの遮光防音対策を施し、理想的な睡眠環境を構築して、少しでも長く睡眠を確保できるよう努力していた。

そして忍《しのぶ》は、夢を見る。

夢は脳内情報の整頓《せいとん》活動であり、記憶にうるさく、なんでも覚えていようとする忍に不可欠な、日常的メンテナンスの一環なのである。

だから忍は、夢を見る。

取りこぼさぬよう繋《つな》いできた、暗い灰色の旅路を、痛みと共に反芻《はんすう》する。

◇◆◇◆◇◆◇

暗闇《くらやみ》の中。

風景も温度も触感も、重力すら曖昧《あいまい》な、夢特有の非現実感に包まれて。

記憶の内から抽出された〝概念〟だけが、忍に語りかける。

視《み》えないが、読める。

聴こえないが、解《わか》る。

『中田《なかた》くんのとなりの席なんてイヤです……』

『害虫……』

『何考えてるんだか分かんないよね……』

『私服ダッサ……』

記憶にうるさい中田忍は、人生において投げ掛けられた、様々な言葉をよく覚えている。

その比率には偏《かたよ》りがあるとしても、柔らかで優しい言葉を受け取ったことも、冷たく鋭い言葉を撃ち込まれたこともある。

だが、内省的で自罰的な忍は、過去の思い出に浸り癒《いや》されるほど、自分へ甘くない。

故に忍の見る夢は、過去の失敗や痛々しい記憶、反省すべき経験ばかりが盛り込まれた、悪夢ばかりとなる。

『正論ばっかり言って気持ち良くなってるクズ……』

『あいつが辞めさせたようなモン……』

『何が面白くて生きてんだろ……』

『死ねばいいのに……』


ただそのことに関し、忍《しのぶ》が心理的ダメージを負わされているとか、そのせいで何かを歪《ゆが》めてしまっているとか、そういうことは全くない。

中田《なかた》忍は、自身の異常性を正しく認識している。

異常であるならば、忌避《きひ》されたところで当然だ。

自らの信条を貫く我儘《わがまま》を掲げているのだから、反発もあって当然だ。

当然の反発が当然にやって来たところで、なぜ傷付かねばならないのか。


傷付く必要などない。

異常性を正しく認識しているから、中田忍は傷付かない。


罵倒《ばとう》の千言《せんげん》、悪意の万語《ばんご》。

隙間《すきま》に揺蕩《たゆた》う、鈍い意識の中で。


忍は、ふと気付く。

――世界が、異常を排斥するならば。

――異世界エルフは、どうなる。

◇◆◇◆◇◆◇

目覚めた忍が状況を把握するまで、少しかかった。

起き上がり耳を澄ませ、現実を受け入れる覚悟を決め、掃き出し窓のカーテンを開け放ち。

「……」

忍はようやく、時刻がすでに夜、それも真夜中であることを確信した。

――ふむ。

危機感よりも不可解さが勝ち、忍はしばし黙考する。

一ノ瀬由奈《いちのせゆな》は、何かにつけ忍を困らせたがる節があるものの、本当の意味で陥れるような人間でないことを、忍もよく理解していた。

わざと忍《しのぶ》を起こさずにいたのではなく、なんらかのトラブルが生じ、忍を起こすどころではなかったと考えるほうが、いくらも自然であるはずだ。

だが現実に、忍はのんびり夜中まで寝過ごし、恐怖を怒りに変えた異世界エルフが街を人里消滅魔法で焼け野原にした様子もない。

やはりこの状況は、不可解であった。


息を殺し、リビングダイニングへの襖《ふすま》を開く。

照明は消えていたが、歩みを進めるには不自由せず済みそうである。

何故《なぜ》なら。

「……」

辺りが暗くなったことで、ますますその存在感を際立たせる、光の綿毛。

忍が眠る前よりいくらか量が増えていたし、カーテンの隙間《すきま》から漏れる星明かりとも合わさり、室内全体がほのかな輝きで満たされていた。

そしてやはり、由奈《ゆな》の姿は何処《どこ》にも見えない。

——光の綿毛は、異世界エルフの常在菌の胞子か何か。

——充満した異世界毒素に蝕《むしば》まれた一ノ瀬《いちのせ》君が、トイレ辺りで倒れているとしたら。

忍は眼光鋭く、ソファ前のローテーブルに置いてあった、面体型防毒マスクを装着する。

誤解を招かぬようちゃんと説明するが、顔面全体をパッキンとアクリルプレートで防護し、口元に丸い吸収缶を備えた、ガチガチにガチなタイプの防毒マスクである。

『常在菌とか気にされてたんですよね。結構しましたケド、思い切って買っちゃいました』などと、代金を全額徴収し手数料まで取った由奈が吹いていたが、こうも早く役立つとは。

──やはり一ノ瀬君には、感謝せねばならんな。

義理堅い、中田《なかた》忍であった。

「……」

仮に異世界毒素があるとして、空気より重いか軽いか分からないし、下手をすれば引火性があるかもしれない。

あるいは、異世界エルフの身柄を狙う悪の秘密結社から襲撃を受けたのだとしたら、手の者と鉢合わせする可能性も捨てきれない。

忍はあえて照明を点《つ》けず、防毒マスクを装着し、中腰でリビングの探索を始めた。

「……」

掃き出し窓やキッチンの入り口、水道やテレビ、玄関扉に至るまで、アリエルが触れてはならない場所に貼《は》り付けまくった、怪しいお札のような〝止〟マークは全て健在。

異世界エルフを封じた寝室の扉や、床の〝止〟マークにも、変化は見られない。

中途で放置していたウェブカメラの空き箱は畳まれ、食器類は水切りへ並べられている。

由奈《ゆな》の不在を除けば、トラブルがあったなどと到底想像できない、整然としたこの状況。

そして目線を移した先、ダイニングテーブル上のメモを見て、いよいよ忍《しのぶ》の困惑が深まる。


《用事を思いついたので帰ります。

鍵はもう、おうちの中にありますからね。

後は自分で、なんとかしてください。　　一ノ瀬》

「……」


忍は、防毒マスクを脱ぎ捨て、茫然《ぼうぜん》と立ち上がる。

そして、しばし天井を見上げた後、深く、深く項垂《うなだ》れる。

もちろんそれは、結局なんの警戒も必要なかったこの状況に呆《あき》れ、あっさり持ち場を投げ出した由奈へ心中で悪態を突き、惰眠で浪費した時間の重みを痛感し、ただただ絶望にその身を沈めていた

わけではない。

中田《なかた》忍は、一ノ瀬《いちのせ》由奈を信頼すると決めたのだ。
熟慮に熟慮を重ね、由奈に危険が及ぶことすら承知で、頭を下げ懇願したのだ。
そして由奈は忍に応《こた》え、力を貸すと約束した。
ならば。

──考えろ。
──考えろ。
──ひねくれた言葉の裏には、きっと隠された意図がある。
恐らく由奈は、この問題の解決へ至る、なんらかの糸口を掴《つか》んだのだろう。
その上で忍を残し、声すらかけずに姿を消した。
裏を返せば、ひとり残された忍にも、同じ気付きは得られるはずだ。
〝鍵はもう、おうちの中に〟あるのだから。
あるいは、示せと言うのだろう。
中田忍の生態をよく知る、一ノ瀬由奈は。
中田忍が、自ら考えて。

異世界エルフに寄り添う資格を、その身で証《あか》せと言うのだろう。

「……」

忍《しのぶ》の知恵の歯車が、高速で回転する。
この窮状など知るよしもない、全ての人類のため。
今も寝室に閉じ籠《こも》る、異世界エルフのため。
寄り添い力を貸してくれた親友、直樹義光《なおきよしみつ》のため。
力強く背中を叩《たた》き、突き放してくれた、一ノ瀬由奈《いちのせゆな》のため。
そして何より、自分自身のために。
最良の答えを求めて、回転は力強さを増してゆく。
巻き戻されるビデオテープのように、三日間の記憶が忍の脳裏を巡る。

——〝鍵はもう、おうちの中にありますからね。〟
——忍自身の見た夢。
——玄関を開け放たれ、頭を抱《かか》え縮こまるアリエル。
——『……口直し、か』

――『シノブ』

――『良かったね、アリエル』

――『ア・リ・エ・ル!!』

――共に迎えた、地球の夜明け。

――顔面を紅潮させ、恥辱《ちじょく》に震えるアリエル。

――突如現れた、謎《なぞ》の異世界エルフ。

――『……私は、だって私は、困っている人を助けたくて、この仕事に』

――『アリエルちゃんだって、不安なんだ』

「……」

閉ざされたままの寝室。
差し出されたままの〝止〟マーク。
寂しげに輝く光の綿毛。
そして、知恵の回転が導いた、あるひとつの仮説。

だが、忍《しのぶ》の抱く憂慮は、いささかも晴れない。

やむを得ぬことだろう。

もし、この仮説が正しかったなら。

中田《なかた》忍は、自らが最も恐れるものへと挑み、その先のアリエルに向き合わねばならない。


討つべき敵の名は、かつてないほどの〝未知〟。

人の心も読み解けぬ、公称機械生命体、中田忍が。

人ですらない異世界エルフの心を案じ、想《おも》い、救い出さねばならないのだ。


『踏み入れれば、傷付けるかもしれない』という絶対の正論を、忍は敢《あ》えて捻《ね》じ曲げる。

今が既に真夜中ならば、夜明けまで時間はそうないだろう。

仮説が見当違いなら、アリエルをひどく傷つけるだろうし、やり直す暇も策もない。

それでも忍は歩みを止めず、異世界エルフが籠《こも》る寝室の扉に向き合う。

足元には、大量の光の綿毛と、拒絶を示す〝止〟マーク。

忍は大きく息を吐き、ドアノブへと手を掛けて。


「恨むなら俺だぞ、アリエル……‼」

ひといきに、扉を引いた。

ぶわっ

忍の視界を覆い尽くす、淡い光の奔流。

特別なことが起きたのではなく、扉の風圧が室内の光の綿毛を巻き上げてしまっただけだ。

「ぐっ……けほ……っ」

だが忍は、防毒マスクを取るのではなかったと後悔しつつも、前を見ることを止《や》めない。

自ら掴《つか》み取った選択を、余さず見届けるために、目を逸《そ》らさぬまま、ただ向き合って。

「……」

やがて光の綿毛が、全て床面へと降り落ちる頃。

忍の視界に、閉ざされていた寝室の全てが映る。

「……これは」

照明や空調が元々切られていたか、ブレーカーのせいで切れたのかは、もはや分からない。

奥にあるベッドの上には、誰も何もいなかった。

閉じたままのクローゼットも、独房じみた室内も、土曜日に見たときと変化はない。

昂《たかぶ》る心を抑えながら、ゆっくりと視線を足元へ移せば。

信じられないほどたくさんの、光の綿毛に囲まれて。

毛布も何も掛けず、現れたときのままの服装で。

小さく身体《からだ》を縮こまらせ、震えながら瞼《まぶた》を閉じて。


「……ウー」


扉の傍で、縋《すが》り付くように、アリエルが転がっていた。

こんな状態でも眠れているのか、あるいはどこかで力尽きたのか、起き上がる様子はない。

しかし忍《しのぶ》も、すぐには動けなかった。

何しろ忍は、気付いてしまったのだ。


アリエルの右手に握られた、くしゃくしゃのアリエルちゃんマークカード。

異世界エルフに与えられた、是認を示す意思表示。


忍は、自身の仮説を確信へと変える。


——扉を閉ざしていたのは、何もアリエルばかりではない。

——俺自身の過《あやま》ちこそが、アリエルを独房に縛り付けていたのだ。

排泄物《かりんとう》を食べる義光《よしみつ》を見たとき、アリエルは怯《おび》えたのだろう。

一人で閉じ籠《こも》ったのも、仕方のない話である。

だが、いざ落ち着いてみれば、周りは何もない誰もいない、暮らしやすい独房の如《ごと》き寝室。

さりとて、扉の隙間《すきま》から差し出した〝止〟マークは、今さらどうしたって引っ込めづらい。

魔法を使えば隙間からひゅぽっと吸い込むくらい、簡単にできそうなものだが。

一度激しく拒絶した相手へ、再び自ら歩み寄る勇気を、果たして魔法は与えるだろうか。

言葉にならない無形の逡巡《しゅんじゅん》は、扉に見えない鍵を掛けた。

アリエルにできたのは、少しでも忍たちに近い場所で、救いを待つことだけだったのだ。


しかし人類は、中田《なかた》忍は、寸前でその手を離してしまった。

決定的な断絶を防ぐためとはいえ、突然距離を置き、アリエルの一歩を待ち続けた。

由奈《ゆな》がどのようなきっかけで、この結論に思い至ったのかは、分からない。

だが別段、不思議なことでもあるまい。

〝あの〟中田忍ですら辿《たど》り着けた結論に、一ノ瀬《いちのせ》由奈が気付かぬものか。


「……」

全ては『異世界エルフに、人間と同種の、あるいは相当に近似した心が存在する』という確信的な推論のもと成り立つ、ひとつの仮定でしかなかった。

だが、事ここに至り、異世界エルフの目覚めから今までを共にしてきた忍《しのぶ》には、分かる。分かってしまう。

異世界エルフには、忍たちと――人類と通ずるだけの心が、確かに備わっている。

だとすれば、忍が手を差し伸べてやるだけで、問題は解決するのだ。

〝決定的な断絶の可能性は杞憂《きゆう》であり、適切なケアを施せば関係修復の見込みがある〟。

〝塞《ふさ》ぎ込んだ異世界エルフにこちらから寄り添い、もう一度心を開かせてやる〟。

想定どおりの確かな事実に基づき、解法は示された。

優しくて温かい救いの手は、忍たちとアリエルの関係を、元どおり修復してくれるだろう。

残された問題は、たったひとつだけ。


――俺は認めんぞ。


優しくて温かい、陳腐で曖昧《あいまい》な解決の選択を、忍自身が認めないのであった。

仕方あるまい。

他人には十分厳しく、自分自身にはもっと厳しいのが、中田《なかた》忍という男である。

己の身命を賭《と》して保護すると決めた、異世界エルフに。

保護に己の身命を賭すると決めた、己自身に。

半端な甘えなど、許すはずがなかった。

「……」

身体《からだ》を震わせながら、目覚める気配のないアリエル。

黙って見下ろす、中田忍。

知恵の回転は、もう止まっている。


難しくはあれど、複雑な話ではない。

アメリカの一般家庭においては、玄関脇《わき》に備えた大振りの斧《おの》を〝なんでも開けられる鍵《マスターキー》〟と呼ぶ風習もあるほどなのだ。

人類が、開かない鍵を開けたいときに取る方法など、ひとつしかない。

ましてやその当事者が、中田忍というのなら。


――小器用な搦《から》め手《て》など、試すだけ時間の無駄だった。

――俺のやるべきことは、最初から分かり切っていた。

──真正面から、ただぶち破るのみ。


「アリエル、起きろ」

忍《しのぶ》はアリエルの露《あら》わになった肩へ手を掛け、上体を引き上げる。

その動きには、微塵《みじん》の躊躇《ちゅうちょ》もない。

当然だろう。

すべきことを見定めた中田《なかた》忍の暴走は、誰にも、忍自身にすら止められないのだ。

「ア……ゥ？」

うっすらと目を開けたアリエルは、眼前に忍の姿を認めて。

「ヒッ……」

弱々しく身をよじろうとしたが、忍が強引に引き留めた。

「待て」

冷たいフローリングに座り込み、忍を見上げるアリエル。

片膝《ひざ》をついて、アリエルの両肩を掴《つか》み見下ろす、中田忍。

その距離、眼前30センチ。

「怖いか。だが聞け」

「……」

アリエルの表情に、ほとんど変化はない。

されど、その眼差《まなざ》しから伝わる、確かな怯《おび》え。

一切構わず、忍は厳《おごそ》かに宣言する。

「この世界は、須《すべから》くお前を嫌っている」

アリエルの震えが、僅《わず》かに緩み。

忍の瞳《ひとみ》を、じっと見つめ返す。

「笑顔で排泄物を食べる奴《やつ》がいるくらい、何ほどの問題だと言うんだ。

この世界には、もっと直接的にお前を傷つけんとする者が。

お前の意に沿わぬ不利益を招く不条理が、当たり前のように存在するんだぞ。

その度にお前は、頭を抱《かか》えて逃げ隠れるのか。

なんら抗ずる手段を持たぬまま、侵略され、蹂躙《じゅうりん》されるのか。

尊厳を奪われるだけの被害者として悲嘆にまみれ、見知らぬ異世界の片隅で果てるのか。

そんな怠惰は、俺が許さん。

断じて許さん」

忍《しのぶ》の両掌《てのひら》に、力が籠《こも》る。

アリエルの白い柔肌《やわはだ》に、十の指が食い込む。

それでも、アリエルは止《や》めない。

それでも、忍は止めない。

互いに向き合うことを、止めない。


「俺は俺自身の信義と、ヒトとして抱くべき最低限の倫理に基づき、お前を護《まも》ると決めた。

うまくやれる自信などない。

不満も失敗も絶えんだろう。

あるいは、衝突することもあるだろう。

それでも俺は、俺にできる限りの力を尽くすつもりでいる。

お前がこの冷たい世界で、自ら立てるまでの時間を、俺が作り出すと約束する。

だからもし、お前が応《こた》えてくれるなら」


「俺を、信じてくれないか」

かつて、中田忍《なかたしのぶ》は言った。
理解されない言葉に、なんの意味があるのだと。
一ノ瀬由奈《いちのせゆな》は答えた。
たとえ言葉が伝わらなくても、伝わる意思はあるかもしれないと。

「……俺からは以上だ。異論はあるか」

あったところで、言えるはずもない。
あの一ノ瀬由奈だって、伝えた意思が返ってくるところまでは、保証していないのだ。
だが、中田忍の意志すぎる意思を叩《たた》き込まれた気の毒な異世界エルフ、アリエルは。

「……シノ、ブ」

無表情のまま、双眸《そうぼう》にだけ戸惑いを浮かべ。
上目遣いで、震える口元を隠すかのように。
おずおずと、それを示した。

表情の代わりに、心を表すかのような。

両手で支えた、くっしゃくしゃの、アリエルちゃんマークカード。

「……アリエル」

「……シノブ」

瞬間。

アリエルの表情もまた、くしゃりと歪《ゆが》み。

「それはお前の」

「シノブ!!!!!!!!!!」

「うおっ」

ドスン
「シノブ！　シノブー！　シノブー！！　シノブー！！！　シノブー！！！！」

ずりずりずりずりずりずり。

ごりごりごりごりごりごり。

異世界エルフが決壊し、忍の言葉を押し流した。

無表情の裏に渦巻いていた感情の濁流を、まだぎこちない笑顔では収めきれないかのように、その豊満な身体《からだ》全体でごりゅごりゅごりゅごりゅ忍《しのぶ》の身体に擦《す》り付き始めたのである。

もうハグだ頬擦《ほおず》りだというレベルではなく、むしろアリエルのほうで乳房などちょっと痛いんじゃないかというくらいに、力強く勢いよく、全身全霊で擦り付けまくっていた。

もはや侵略がどうの蹂躙《じゅうりん》がどうの、尊厳がどうのなどと、論じるだけ馬鹿《ばか》らしいほどに。

お互いの身体という境界さえなければ、そのままひとつになってしまいそうなほどに。

異世界エルフは、忍を求めて止まらなかった。

「分かったから、分かったから落ち着け、アリエル！」

「シノブ！！！！」

それらしい理由付けすら許されず、忍は異世界エルフを喜ばせてしまうのだった。

◇◆◇◆◇◆◇

——厄介なことになった。

忍がうんざりした気分で胸元を見ると、アリエルは穏やかな表情で眠っていた。

これまでの無表情とは一線を画す、安らぎを感じさせる表情で、眠っていたのである。

かわいい。

ダイニングテーブルで揺れ動いていたときから予兆はあったが、異世界エルフの筋肉は、見た目より大層強靭《きょうじん》であるらしい。

大興奮で抱きつくアリエルは、忍がどれだけ頑張っても、全く引き剝《は》がせなかった。

せめて暖を取らせようと、アリエルを引き摺《ず》ったままベッドに入ったのが運の尽き。

よほど不安で疲れ切っていたのか、あるいは冷えた床にいたせいでよく眠れていなかったのか、アリエルは数分もしないうちにすっかり落ち着き、忍の胸元にズリズリ移動したかと思えば、スヤスヤと健やかな寝息を立て始めたのである。

自然とアリエルへ腕枕《うでまくら》する形になり、左肩から先がじんわりと痺《しび》れる。

——サタデーナイト症候群、などと呼ぶのだったか。

アメリカのヤンキーカップルがサタデーナイトにフィーバーし、サンデーモーニングにハニーを抱いてた腕の感覚ないなぁワーオとなる、つまりは橈骨神経麻痺《とうこつしんけいまひ》である。

病名のとおり、せめて就寝が土曜日ならば良かったのだが、あいにく昨日は日曜日で、今は月曜日の真夜中であった。

もう暫《しばら》くしたら、すっかりお腹を減らしているであろうアリエルの朝食を準備せねばならないし、何より出勤しなくてはならない。

その前に施錠の練習もさせねばならないし、可能な限りウェブカメラもセットしたい。

腕の痺《しび》れも手伝って、もう一度寝直すのは厳しいところかもしれなかった。

なお、今さら解説するまでもないことだが、着乱れたアリエルと同衾《どうきん》する忍《しのぶ》の胸中には、欠片《かけら》ほどのみだらな欲望も存在しない。

せいぜい、レースカーテン風ドレスからこぼれ落ちそうな、横になっても潰《つぶ》れないハリのある双丘が上下するのを見て、

――ああ、異世界エルフも、肺呼吸をしているのだなあ。


などと、理科の実験レベルの感想を抱いたくらいである。

空恐ろしい話であった。


その代わり、忍は自らを責める。

乳揉《も》みの恥辱《ちじょく》を雪《そそ》ぎ、尊厳を護《まも》ってやるため、アリエルの保護を決意したというのに。

うっかり間近に感じている、温かなアリエルの体温と、くすぐったい穏やかな寝息。

義光《よしみつ》や由奈《ゆな》には到底申し訳の立たない、致命的な失態であった。

当の義光や由奈は恐らく、というかほぼ確実にこの件で忍を責めたりしないし、責めるとしたら由奈が『添い寝くらい文句言わずにやってあげて下さいよこのデリカシー欠乏症重篤《じゅうとく》患

者。人の情がサプリ売り場に並んでなくて残念でしたねバーカ』くらいに罵《ののし》る程度だろうが、
それでも忍は自分を許せなかった。

――護ると決めたのは、俺自身だろうに。

――こんな所でブレていては、先が思いやられるばかりだ。

異世界エルフの柔肌《やわはだ》は、変わらず忍を温めている。

それでも忍は、目を閉じることができない。

灯りのない夜の天井、その先に浮かぶ未来から、目を逸《そ》らすことができない。

――いや、少し違うか。

目線を床に向ければ、灯りはいくらでもあった。

恐らくは異世界エルフが生み出したのであろう、無数に広がる光の綿毛。

もちろん片付ける暇などなかったので、ベッドから見下ろすフローリングには、目の覚める
ような偽物の星空が広がっていた。

――アリエル。

――お前はこの輝きに、何を望んだ。

――二度とは戻れぬ、遠い故郷の星空なのか。

――あるいは。

「……む」

思いがけず力が籠《こも》り、枕《まくら》にした左腕で、背中から抱き支えてしまった忍《しのぶ》である。

起こしていないかと、忍はアリエルへ視線を送り、とんでもない事実を目の当《ま》たりにする。

アリエルが両耳を折りたたみ、目に当てた状態で、気持ち良さそうに寝入っていた。

「……」

忍はアリエルに毛布を被《かぶ》せ直し、背中をベッドへゆっくり横たえてやる。

そして漫然と天井を見上げ、発見した新機能へと想《おも》いを馳《は》せる。

やはり今夜は、眠れそうになかった。

季節は晩秋。

朝はまだ、遠い。

幕間　中田忍の出勤

十一月二十日月曜日、午前六時五十分。

霞《かすみ》のような眠気を振り払い、俺は覚悟を決めて、スーツの上からコートを羽織る。

「シノブ、シノブ」

一晩の同衾《どうきん》と間に合わせの朝食を経て、いよいよ俺への警戒を失った様子の異世界エルフ、アリエルが、どこか不安げな表情を浮かべ、弱々しくコートの袖《そで》を握った。

恐らくはその知性により、俺が普段と違う様子で違う装いをしていることから、俺は仕事《狩り》のために外へ行き、自分は残されることを理解しているのだろう。

ただその感情が、一人になる寂しさから来るものなのか、純粋に俺を心配してのことなのかは、正直のところよく分からない。

……いや、それは俺に都合の良すぎる、傲慢《ごうまん》と捉えるべきか。

異世界エルフたるアリエルがこの世界で頼るべくは、突き詰めれば俺だけなのだ。

ストックホルム症候群やリマ症候群を例に挙げるまでもなく、監禁者と被監禁者の間には、少なからず認知的不協和からの歪《ゆが》んだ親密性が形成されることを、俺は十分に理解している。

与える者としての優位を振りかざしアリエルを慕わせるなど、倫理的に許されない卑怯《ひきょう》な振る舞いだと断言できるし、何より俺の望むところでもない。

俺はフラットどころか、三歩引いた立場から異世界エルフの安全と尊厳を護《まも》り、自由な意思を尊重したまま、この現代社会に送り出してやらねばならない。

誰かに任せず、責任を持ってやり遂げるべきだと、俺自身が考え、決めたのだ。

ならば、俺の為《な》すべきは。

「行って来る。インターホンの電源は抜いてあるが、俺以外の誰が来ても、玄関を開けるなよ」

袖を持つアリエルの手に掌《てのひら》を添え、その碧眼《へきがん》に向き合い、はっきりと意思を伝える。

「アリエル」

ふわりと微笑《ほほえ》み、そっと袖を離すアリエル。

「鍵の掛け方は、先程教えたとおりだ。覚えているな」

玄関扉に視線を向けると、アリエルは小走りに玄関扉へ近づき、内鍵を掛けて振り返った。

「そうだな。よくやった」

「アリエル！」

笑みを浮かべ、得意げに胸を張っているようにも見えなくはない。

「留守は任せた。行ってくる」

俺は内鍵を開けて玄関扉を開き、振り返ることなく外へ出た。

背後で響く、金属音。

バタン

ガチャ

カチャッ

『アリエル!!』

――よし。

指示のとおりに施錠が為《な》されたと確信し、俺は最寄り駅へと歩み出す。

道中で覗《のぞ》くは、スマートフォンに仕込んだウェブカメラ監視用アプリ。

歩きスマホが社会規範に背《そむ》く行為であることぐらい、俺も十二分に承知しているが、問題の順序付けは先週末に終わっている。

ともすれば有史以来初の接触となるかもしれない、異世界エルフの面倒を請け負うに当たり、世論にも多少の前方不注意ぐらいは許容して貰《もら》おう。

ともかく監視用アプリを起動すると、画面に本を読むアリエルの姿が映し出された。

寝室のデスクを使い、しっかりと部屋の灯りを点《つ》けて、黙々と読み耽《ふけ》っている。

せめてもの暇潰《つぶ》しにと、本棚から字が読めなくても楽しめそうな書籍を何冊か見繕ったところ、随分喜んだ様子だったので、そのまま与えてきたのが奏功したらしい。

小さく映る写真のページを見るに、今読んでいるのは昆虫図鑑だろうか。

アリエルはウェブカメラの機能そのものを理解していないようだし、レンズの存在も気にしていない風なので、実に自然なアリエルの生態を観察できた。

――うむ。

昨晩までの様子に鑑《かんが》みて、アリエルが俺に対して不誠実な行動を取ったり、積極的に害を及ぼすつもりがないのは、十分に理解している。

この調子で大人しくしていてくれれば、今日の所は大過なく乗り切れるだろう。

ただ、俺個人としては、あまり面白いものでもない。

結局のところ、俺たちやアリエルが直面している問題は、何ひとつ解決していないのだ。

理不尽な遭遇、不格好な邂逅《かいこう》、ちぐはぐなコミュニケーションからの同居生活。

残虐で不幸な偶然なのか、誰かが望んだ謀《たばか》りなのかも分からない、先の見えないこの状況。

踊らされているような不快を感じる半面、無事普段どおりの出勤へと至れたこの現実は、俺や義光《よしみつ》、一ノ瀬《いちのせ》君らの尽力と、何より異世界エルフたるアリエルの歩み寄りで辛《から》くも成立した、俺たち自身の意志が作り上げた成果だということも、しっかりと承知している。

たとえアリエルの顕現に、なんらかの思惑《おもわく》が関わっていたとしても、それを暴《あば》き立てる手段が見当たらない以上、俺は遮二無二《しゃにむに》足掻《あが》き続けるほかないのだ。

気の毒な異世界エルフ、アリエルと共に。

「……うん？」

唐突に、スマートフォンの画面が暗転する。

【直樹義光《なおきよしみつ》さんからの、新着メッセージが一件あります】
『おはよう、忍《しのぶ》。昨日は大丈夫だった？』

「ふむ」
熟読したスマートフォンの取扱説明書を思い返し、ウェブカメラ映像とメッセージのダブル表示状態に設定して、義光への返信を急ぐ。

〝ちょうど今、無事に家を出られたところだ〟
〝連絡が遅くなり、すまなかった〟
『全然遅くないし、今の今まで忙しかったんでしょ(>_-)-☆』
『僕が迂闊《うかつ》だったせいで、本当にごめん(-_-;)』

……相変わらず、義光は顔文字が好きだな。

〝止《よ》してくれ〟
〝お前の助けがなければ、こうも円滑にアリエルとの信頼関係を築けなかった〟

『そんなことないよ、とは言い切れないか(+o+)』

『でも、大丈夫だったなら良かった(^^*)』

〝ああ〟

〝少し予定外の事故も起きてしまったが、ある程度はやむを得まい〟

『予定外の事故って?』

〝深夜にトラブルが発生し、健康管理上の問題に鑑《かんが》みて同衾《どうきん》した〟


少しの間。


『ごめんそれちょっとどういういみせつめいして??』

〝アリエルにこの世界の厳しさを説き、俺を信頼するよう誠心誠意諭《さと》したところ〟

〝何をどう捉えたのか、俺に抱き付いて離れなくなってしまった〟

〝よって窮余の策として、俺の身体《からだ》ごとベッドに引き摺《ず》り込んだ結果〟

〝アリエルがそのまま寝入ってしまった形となる〟

『いやだっていま同衾って書いてたじゃない』

〝同衾とは、「二人以上の人間」が「ひとつの寝具で寝る」ことを指す日本語だろう〟

〝確かに、厳密にはひとりと一異世界エルフだし、俺は徹夜で考え事をしており寝ていない〟

〝同衾《どうきん》には該当しない可能性もあると言われれば、そうかもなと言わざるを得ない〟

再び、少しの間。


『僕が間違ってた、ごめんね(×_×)』

〝どうした、義光《よしみつ》。何を考えていたんだ〟

『いいから忘れて(*_*)』

『それより忍《しのぶ》は本当に、どうして抱き付かれたか分からないと思ってるの?』

〝いや〟

〝おおかたの目算は立っているが、特定にまで至っていないのが現状だ〟

『じゃあ、一番可能性が高そうな予想を聞かせてくれる?』

〝寂寥《せきりょうかん》感に苛《さいな》まれたアリエルが、保護を期待できる手近な現地の生物にやむなく縋《すが》り付いた〟

『本気?』

〝無論だ〟

『自分が少しでも慕われてるのかも、って可能性は、考えない?』

〝当然だろう〟

〝衣食住を世話していようと、アリエルにとって俺の存在はストレスになるのが道理だ〟

『忍はまた、エルフの甘露とやらを飲むつもりなの？』

義光のメッセージを目にして、冷水を浴びせ掛けられた気分に襲われる。
俺は、アリエルの気遣いを代償欲しさのそれと邪推し、埃《ほこり》水を吐き出す愚を犯した。
だが、それとこれとは……

「……」

……自分に言い訳をしたところで、仕方がない。
俺の歩みが止まったのは、決して赤信号のせいではなかった。

〝そうだな〟
〝俺が飲むべきはエルフの甘露ではなく、飲みかけのりんごジュースである筈《はず》だ〟
『魔法水を飲んだときのこと、まだ何日も前じゃないよ』
〝俺も勿論《もちろん》、忘れていたわけではない〟
〝だが、それはあまりにも傲慢《ごうまん》な考え方ではないか〟
『もちろん、アリエルちゃんが忍を慕ったり、寂しがったりしていたとしても』
『それを理解した上で、どう対処してあげるのかは忍の自由だよ』

『ただ、感情そのものの存在を否定したり、無視したままにするのは、どうだろう』
『あまりにアリエルちゃんが可哀想《かわいそう》だ』
〝そういうものか〟
『僕の考えだけどね』
『衣食住を保証するだけじゃ、ペットを飼うのと変わらないでしょ』
……。
〝そうだな。熟慮しよう〟
『うん』
暫《しば》く返事をせずにいると、義光《よしみつ》がログアウトした旨の通知が表示された。

◇◆◇◆◇◆◇

「……りちょ……っ」
普段から周囲に興味を抱かれていないのが幸いしたか、あるいは一ノ瀬《いちのせ》君の根回しが奏功したか、金曜日の急な欠勤については、誰からの追及も受けることはなかった。

「しつ……かた……り……っ」

なんにせよ、些末事《さまつごと》に煩わされなくて良いのは僥倖《ぎょうこう》だ。

「な……なかた……りちょ…っ」

いくら留守番を任せられたとはいえ、アリエルを長時間ひとりにする危険性は低くない。

必要な仕事を業務時間内に完遂できるよう、今まで以上に集中して業務に当たらねば……

「……な、中田《なかた》係長、失礼しますっ!!」

「うん？」

顔を上げると、堀内《ほりうち》君が俺の傍《かたわ》らに立ち、顔面を紅潮させ震えていた。

周囲の気の毒そうな表情を見るに、暫く前からいたのだろう。

「すまない。気付かなかった」

「あ、いえ……その、集中なさっていたところ、申し訳ありません」

「それは構わんが、どうした」

「あの……こちらを」

堀内君が俯《うつむ》き加減に差し出したのは、計五冊の薄い紙ファイル。

「これは？」

「先週木曜日に下命頂いた……ナンバー１７４の件について、書面で報告をまとめました」

「ふむ」

堀内《ほりうち》君の能力を考えれば、実質金曜日の一日で形を作れるとは考え難《にく》い。

様々な可能性を考慮しながら、堀内君に問いかける。

「確認するが、ナンバー174については、保護の打ち切りが既に決定している」

「はい」

「前回俺は、保護の打ち切りに端を発する、新たな不正受給の可能性に関する周辺状況を調査したいと話した。そして君に、関係が疑われる者のリストアップを下命した」

「はい」

「このファイルは、俺の意図を正しく反映して作られたと考えていいんだな」

「……はい」

返事が嘘《うそ》を孕《はら》むことぐらい、流石《さすが》に俺でも理解できた。

俺の指示から外れた、あるいはまるきり背《そむ》いた何かがあると見るべきだろう。

「名前を並べただけにしては、随分量が多いな。説明を頼めるか」

「はい。緑色の付箋のページを開いて頂けますか」

言葉どおりにページを開けば、今回の調査対象らしき者らの情報と、調査結果の概略が、分かりやすくリスト化されていた。

「今回ナンバー174について聴取した七名のうち、説明が不審な五人を調査した結果、五人全員が工事現場で仕事をして、お給料を貰《もら》っている状況が見込まれると判明しました」

「その根拠は？」

「二名は、他の受給者からの聞き取り。残り三名については……」

「……」

「……」

「どうなんだ」

「残り三名については、土日の早朝に張り込みをして、工事車両で現場に向かうのを見ました」

……やはりか。

「俺はそこまでやれと言ったか」

「……いえ。聞き取り対象者をリストアップするよう、ご指示頂きました」

「そうだな。独断での張り込みは行きすぎだ」

「わ、私が、私の責任においてやったことです!!　か、係長に責任はありません!!」

「そんなことを言っているんじゃない!!」

自分でも驚くほどの大声が出て、周囲の職員どころか、窓口の職員や一般の来庁者までもが、こちらの様子をちらちらと窺《うかが》っている。

構うものか。

現況をこのまま放置するより、いくらもマシだ。

「俺たちは組織の人間だ。君という個人を危険に晒《さら》したくて、仕事を任せた訳ではない」

「ですが係長の仰《おつしや》るとおり、私は仕事を放棄していました!!」

堀内《ほりうち》君の瞳《ひとみ》に宿る、強固で鋭い意志の輝き。

怯《おび》え、自信なさげに縮こまっていた四日前の彼女とは、まるで別人のようだった。

「……お礼を、言われたんです」

「礼?」

「保護費の打ち切りが決まったとき、私はナンバー174……武藤《むとう》さんに謝りました。私の力不足です、打ち切りにさせてしまってごめんなさい、何か武藤さんの力になれることがないか、全力で探します、頑張りますって、みっともなく、涙を流しながら」

「……」

「そうしたら、武藤さんが言ったんです。『ありがとう』って。『あんたが担当さんで、良かったよ』って。理想ばっかり大きくて、結局何も成せてない私が、ようやく誰かの〝特別〟になれたんだって、嬉《うれ》しくって……」

「……ふむ」

共感はしないが、理解はできる。

堀内君のようなタイプには、さぞ響いたことだろう。

「……係長にご指導頂いて、不正受給者を追う役割に立ったとき、初めて気付けたんです。私が誰かに固執するほど、私の目は他の誰かに向けられないって。私が誰かを特別扱いするほど、別の誰かに不平等を負わせてしまうんだって。公務員としての私は、私自身の心を噛《か》み潰《つぶ》してでも、ただ平等な目線と態度で、全ての保護受給者に向き合い続けなきゃいけないんだって」

……そう考えるよう指導したつもりではいたが、こうも飲み込みよく理解が進むだろうか。

ふと思い出す、一ノ瀬《いちのせ》君との電話で交わしたやりとり。

――「一つ。題目はもう何でもいいから、俺が今日欠勤することを課長に伝えてくれ」

――「日誌も引継ぎ事項も、机上に書面でまとめてある」

――『いいですよ。こちらも野暮用がありますから、終わったらお伝えしておきます』

「私がナンバー174に固執している間、私がやるべき業務、向き合うべき保護受給者をフォローして下さったのは、全部中田《なかた》係長なんだって、教えて頂きました」

視界の隅で、周囲に混じってこちらを見つめる、一ノ瀬君の澄まし顔。

俺を助けたつもりなのか、あるいは俺の反応を見て楽しんでいるのか。

どちらでもあり得る辺りが、彼女の恐ろしいところだ。

「誰から何を聞いたか知らんが、俺は俺の職責を果たしているだけだ。君に何か感じられる謂《いわ》れはないし、それを端として君が無茶をしていい道理もない」

「……すみません。他のやり方を考えられませんでした」

俺は黙って、堀内《ほりうち》君の言葉を待つ。

堀内君が得るべき答えは、既に堀内君の中にある。

その先は、堀内君自身が選び、進むべきなのだ。

「……まるで、霧が晴れたみたいだったんです。私が目を背《そむ》けていたことや、大事にしていなかったことに気が付いて、恥ずかしくなったんです。自分一人で頑張っているつもりが、本当に必要な助けを生み出せていなかったって気付いて、情けなくなりました。そんな簡単なことも分からずにいたんだって、じっとしていられなくて……」

「それもまた、君の自己満足の結果だろう」

慎重に、言葉を選ぶ。

堀内君は自らの意志を曲げてなお、堀内君なりのやり方で、自らの課題へ向き合った。

ならば俺は、俺自身の全力を以《もっ》て、その誠実に応《こた》えるべきなのだ。

「早朝の張り込み、ましてや受給停止のかかった生活実態の把握調査など、万一勘付かれれば相手が逆上する可能性も十分予想される、危険な業務だ。組織で対応するべきだという理屈は、君にも理解できるのではないか」

「……でも、私は!!」

「もういい、分かった」

「中田《なかた》係長!!」

「分かったと言ったんだ。話を聞け」

「……っ」

堀内君は歯を食いしばりながらも、涙だけは流していない。

次に与えられる俺の言葉を、正面から受け止めんとするかのように。

背筋を伸ばし、俺の目を見て、俺と相対することから、逃げない。

ならばもう、案ずることはあるまい。

「堀内君」

「……はい」

「俺は、君の把握した不正受給者《ナンバー》五名を〝ナンバー213の1〟から〝ナンバー213の5〟と指定し、包括不正受給事案として当係で取り扱うよう、上に具申すべきだと考えている」

「……え?」

「稟議《りんぎ》が通った暁には、君をナンバー213の統括専従員に指定する。事実の特定から受給停止までのロードマップを策定し、指揮を執って貰《もら》いたい」

狐につままれたような表情の堀内君。

簡潔な説明に腐心したつもりだったが、不足があったろうか。

「君に全て任せると言った」

「……」

「ただし、今回のような独断専行は止《や》めろ。初段の取りまとめと最終的な指揮は君に任せるが、計画段階ではあくまで俺と課長を通し、全てを組織の判断として共有し、実施するよう努めろ」

ファイルの一冊を手に取り、ぱらぱらと捲《めく》る。

「……ざっと見だが、書類もそれなりに纏《まと》まっているようだ。相談と報告を怠らず進めれば、本件を任せるに不足はないと判断する」

ちらと見れば、堀内《ほりうち》君の双眸《そうぼう》からは、涙が溢《あふ》れ出していた。

叱責《しっせき》を受けている間は堪《こら》えていたのに、なぜこのタイミングで泣くのだろうか。

やはり人の心、ましてや若い女性の心理など、俺には到底理解が及ばない。

「堀内君」

「……はい」


「やれるな」

「やります。やらせて下さい」

俺が揶揄《やゆ》した〝自己満足に走る一般人〟の姿は、もう見て取れない。

彼女が一人の公務員として、社会人として羽化するための一歩を踏み出したと、俺は信じた。

「課長には俺から報告しておく。不明点があれば別途呼び出すから、席に戻ってくれていい」

「は、はい……あの、えっ、と……」

「後は……そうだな。機会を見て、一ノ瀬《いちのせ》君にも礼を言っておくといい」

「い……一ノ瀬さんに、ですか」

あからさまに動揺する堀内君。

若干気の毒ではあるが、俺のささやかな意趣返しに付き合って貰《もら》うとしよう。

「俺から依頼し、君が持つはずだった業務の一部を負託していた。彼女なら、今までの君を許した上で、今後も君に協力してくれるだろう」

「中田《なかた》係長、私のお話でしょうか?」

「む」

気が付けば、一ノ瀬君が傍《かたわ》らに歩み寄り、俺のマグカップを差し出していた。

中のコーヒーが粘度を感じるほど濃そうに見えるのは、余計なことを口に出すなという、彼女ならではのメッセージだったのかもしれない。

もう遅いが。

「い、一ノ瀬さん、すみませんでした! わ、私っ……」

「ん、いいのいいの。それより大役、任されちゃったみたいじゃない。できるところはお手伝いするから、頑張りましょうね」

「は……はいっ!!」

ふと周囲を見れば、俺たちへの注目はとうに失《う》せ、誰もがうっすら自身の気配を消していた。堀内《ほりうち》君が抱《かか》えた新規の案件に巻き込まれ、余分な手持ちを増やしたくないのだろう。

無論、その姿勢を揶揄《やゆ》したり、否定するつもりはない。

管理職側の俺がする話でもないが、支援第一係員の殆《ほとん》どは、難解な業務を複数抱えている。己の健全な精神と私生活を護《まも》る為《ため》、過度な負担から身を避けるのは、必要な自衛行為だろう。

彼らに献身と犠牲を求める者たちは、彼ら自身に救いを与えてはくれない。

もし手が足りなくなるなら、処理するだけの意思と能力のある者が動けば、それで済む話だ。

俺たちに問われているのは、美しい途中経過ではなく、ただ結果だけなのだから。

分かっているし、理解している。

だがそれでも、考えずにはいられない。

所詮《しょせん》は、こんなものだと。

◇◆◇◆◇◆◇

午後五時三十分。

「それでは退庁する。皆、あまり遅くならないように」

静かに動揺する課員たちと、動揺しているフリの一ノ瀬《いちのせ》君を残し、俺は庁舎を後にする。

躊躇《ちゅうちょ》はない。

必要な義務を果たした以上、今の俺は私人、中田忍《なかたしのぶ》である。

自らの信念のため、自らの時間を費やして、なんの問題があるというのか。

「……」

庁舎を出て暫《しばら》く、人目の少なくなったところで、スマートフォンの画面を開く。

監視用アプリでは、朝や昼と全く変わらぬ様子のアリエルが、昆虫図鑑を読み続けていた。

同じ動画がリピートされているのかとも疑ったが、読み終えた後に再び表紙から読み始める場面も確認したので、朝から延々と読み返し続けているのだろう。

飽きないのかという疑問と、飽きないよなという共感で、俺は思わず微笑《ほほえ》んだ。

区役所からの最寄駅に着いて、自動改札を抜け、電車に乗り込む。

酷《ひど》く混んではいるものの、東京の満員電車ほどでもない。

可能な限りアリエルの様子を見ていたいが、どうやら読書中のアリエルは滅多な行動をしないようだし、もし隣からスマートフォンの画面を覗《のぞ》き込まれれば、俺は相応の不審者である。仮眠もできない半端な乗車予定時間と、多角的なリスクマネジメントの観点から、俺はスマートフォンを懐に収め、古めかしい装丁の文庫本を開く。

アリエルが来る直前の電車内で読もうとして、疲れと眠気で結局読めなかったのが、つい四日前の話だったと気付き、なんとも言えない気分に陥る。

あのときはまさか、こんな生活を送る羽目になるとは、文字どおり夢にも思っていなかった。


開いたのは、とある外国人作家の短編集。

最初に触れたのは学生時代で、歳《とし》を重ねてから再び興味を持ち、購入した。

「……」

何度読み返した筋書きだろうと、新たな気持ちで眺めれば、新鮮な発見があるものだ。

無機質な活字を流し見るうち、とある単語に目が留まる。


悪徳。

逃れ得ぬ、己の心に巣食う罪。

理由など、もちろん分かっていた。

俺は、赦されざる罪を犯したのだ。

地球人類のため、正体不明の異分子たる異世界エルフを迅速に隔離し、抹消すべきだった。

その意味と役割を理解しながら、俺は悪に身を委ねた。

義光《よしみつ》の制止を、杜撰《ずさん》な生態考察を、アリエルの従順さを、一ノ瀬《いちのせ》君の干渉を、言い訳にして。

異世界エルフを密《ひそ》かに生かし、世界に弓引く選択へ、自らの意思で踏み出した。

その愚かな決意が何を引き起こし、どんな不幸を生むのかを。

正しく想像できてなお、止められなかった。


俺は忌むべき異世界エルフに、居場所を与えてしまったのだ。


後悔はしていないし、今さら翻意するつもりもない。

義光を、一ノ瀬君を、世界を巻き込んだ全ての罪は、俺が背負うと決めたのだから。

それでもふと、心の軋むときはある。

俺は、浅はかな情に流されなかったか。

俺は、貫くべき道理を曲げなかったか。

俺は、誤った理想に囚《とら》われていないか。

それこそが俺の、利己主義《エゴイズム》ではなかったのか。


あれほど思い悩み、正しいと信じた決断も、俺の疑念を砕いてはくれない。

俺が不完全な人間だという事実を、突き付けられているかのようだ。


ぼんやりした頭で思いを巡らせ、文庫本の布カバーに目を落として。

やがて俺は、自嘲《じちょう》する。


俺とてもう、いい大人だ。

世の中には絶対の正解も、完全な不正解も存在しないことくらい、十分に理解している。

自身の手が届く中で、正解と信じる何かに縋《すが》り、恐怖と迷いを噛《か》み潰《つぶ》し、平気なフリで社会に沈むのが、大人という生き方なのだ。

ましてや、自らの選択とフィクションを重ね、その正しさを懊悩《おうのう》する、甘ったれた権利など。

とうの昔に、失っている。


故に俺は、呑《の》み込むべきなのだ。

公務員、中田忍《なかたしのぶ》の悪徳を。

「……」

電車を降りたところでスマートフォンを取り出し、アリエルの姿を映し出す。
アリエルは、先ほどと全く変わらない様子で、昆虫図鑑を読み耽《ふけ》っている。
画面の奥に映るページが、俺の目からも小さく見えて。
描かれたクジャクヤママユは、確かに俺を睨《にら》んでいた。

あとがき

私がまだ幼い頃、私の世界は私のためにありました。

私が一番素敵だと思う世界を、私の望むままに広げたそれは、他者から見ればきりきりと尖《とが》った、異形《いぎょう》の楽園だったことでしょう。

けれど私は時を経て、大人になりました。

「絶対なんてない」「人それぞれ」「どっちもどっち」「足並み揃《そろ》えて」「穏便に」。

誰かの世界と繋《つな》がるために、醜い棘《とげ》を切り落とし、滑《なめ》らかな素肌で握手を交わす。

睦《むつ》み合う世界同士の繋がりは、どこまでも優しくて。

温かに寄り添うよそ行きの物語は、心の隙間《すきま》にぴったり染みて、棘の傷痕《きずあと》を慰めてくれます。


けれど。

私は、そこで諦《あきら》めたくなかったのです。

たとえ慰めの物語が、優しく傷痕をなぞっても、最奥を抉《えぐ》るには届きません。

捨てられなかった最後の棘、私が世界一面白いと思う物語で、世界中の世界をブッ刺して回って「これが最高の世界だ！」と、叫びたかったのです。

だから。

『公務員、中田忍《なかたしのぶ》の悪徳』は、世界で一番面白い小説です。

願わくばあなたの世界にも、私の棘がブッ刺さりますように。

◇◆◇◆◇◆◇

この場を借り、謝辞を述べさせて頂きます。

本作を見出し、担当編集者として寄り添い、様々な無茶を聞いて下さった濱田《はまだ》様。

あなたの存在なくして、本作を今の形で世に出すことはできませんでした。

本作の世界をありのまま受け止めて下さり、さらに広げて下さった、棟蛙《おうちかえる》先生。

特に指定もないのに《エルフ》の腰布が透けていたとき、私は本作の成功を確信しました。

本作を選定頂いた編集部の皆様、特別審査員としてお目通し頂いた、カルロ・ゼン先生。

火縄銃だった本作が、ガトリングガンになって帰って参りました。

キレのある校閲を下さった渡邊《わたなべ》様、カバーデザインから中田忍宅上面図まで面倒を見て下さったたにごめ様、ＰＶを手掛けて下さった内田《うちだ》様、印刷所の皆様、流通、小売店の皆様。

それぞれのお力で本作の世界がさらに深まり、広く伝えられることとなりました。

老舗《しにせ》モノから駄菓子まで広く愛される和菓子界の黒い至宝、かりんとうに関わる全ての方々。申し訳ないと頭を下げたい一方、やはりかりんとうサイドのビジュアル面にも問題の一端が含まれていることを指摘せざるを得《え》ないというのが、正直な私の心情です。

皆様、ほんとうにありがとうございました。

本作のテーマは〝人生〟です。
既に幕間《まくあい》をご覧になっている方は、一連の騒動に区切りはつけられたものの、本質的な解決には未《いま》だ遠いこと、今回のエピソードが彼ら彼女らの人生における一場面でしかないこと、彼ら彼女らの人生がこれからも続いていくことを、感じて頂けたかと思います。
私も全身全霊を賭《と》し、彼ら彼女らが歩んでいく〝人生〟を描き切り、どんな手段を用いても皆様のもとへお届けできるよう、力を尽くす所存です。

それではまた、次の悪徳でお会いしましょう。

二〇二一年　八月某日　　立川《たちかわ》 浦々《うらうら》

※本作に登場する、生活保護制度に関する諸描写に関しては、現実のそれを参考としながらも必ずしも現実には即さない、完全なるフィクションです。

現行の制度下で勤務する職員の皆様、生活保護受給者の皆様、それを取り巻く環境、諸団体の皆様を含めた、あらゆる人種、思想、信条、その他尊厳を害する意図は、一切ありません。

読者の皆様におかれましても、本作を通じ本邦の福祉に興味を持たれたならば、是非ご自身でその現実を調べ、知って頂き、それぞれの〝正解〟を見出して頂けるよう、切に願います。

GAGAGA
ガガガ文庫

公務員、中田忍の悪徳

立川浦々

発行　2021年9月22日　初版第1刷発行

発行人　鳥光 裕

編集人　星野博規

編集　濱田廣幸

発行所　株式会社小学館
〒101-8001 東京都千代田区一ツ橋2-3-1
[編集]03-3230-9343　[販売]03-5281-3556

カバー印刷　株式会社美松堂

印刷・製本　図書印刷株式会社

Printed in Japan ISBN978-4-09-453029-2